對無限的鄉愁

吳俞萱

沒有葉片燃毀
沒有枝梗斷裂
日子像玻璃一樣清透
然而，必須有更多

——阿爾謝尼．塔可夫斯基

我們看不見最初的日子

最初，只有愛情。

那時還沒有《回家》。我在阿翁的課堂上讀到〈麥田〉，無法抵禦龐大而幽微的顫動從詩的某處以整個群落的力量撞擊而來。當下我非常哀傷，像是，終於醒來。於是每日讀顧城的自選集《海籃》和《顧城詩全編》，一字一字讀出聲來，一首一首錄音。起床刷牙的時候聽，穿越大霧上學的時候聽，散步去飯館的時候聽，洗澡的時候聽，入睡前也讓顧城為我掩上世界。我不喜歡自己的聲音，但我沒有別的方法了。沒有別的方法可以無時無刻跟他在一起。

唸了錄，錄了聽，聽了重唸重錄。我時時掛著耳機，聽顧城的詩。分辨每一詩行還能用怎樣的輕重、怎樣的波動，貼近他一如我們無別？

「**使我們相戀的／是共同的痛苦／而不是狂歡**」，那狂歡之前要沉默多久，才能撐開足夠的空隙，令痛苦平躺下來？當他回想逝去的老祖母而終於知道了「**死亡的無能／它像一聲哨／那麼短暫／球場上的白線已模糊不清**」，我該用什麼樣的篤定，不去抵抗死亡的秩序，輕而悠遠地接通他的悟？

十九歲的心願不過就是擁有時間在響、死貼住風，那樣的聲音。而一切多麼遠了。那個夏天還在拖延，那個聲音已經停止。顧城說，我們不去讀世界，世界也在讀我們。我們早被世界借走了，它不會放回原處。離去的人揮揮手，也許並沒有想到，在字行稀疏的地方，不應當讀出聲音。

那時我也抄寫顧城的詩句，放學就溜進圖書館人煙稀少的書架之間，偷偷翻開各種書冊，埋藏筆跡未乾的紙片。從不知道，有誰讀到？我最常

默寫〈微微的希望〉：「沒有別的／只希望草能夠延長／它的影子」；還有〈墓床〉：「人時已盡，人世很長／我在中間應當休息／走過的人說樹枝低了／走過的人說樹枝在長」。多年後，當我早已遺忘，從前埋下的炸彈拋了回來。我收到一封陌生的來信，說他讀了顧城，而後認出了我的字跡。

我回他：愛的時候，死是平常的事。

仍是顧城的句子。來自我二十歲放在枕邊的《英兒》。當時我承擔不了那麼退無可退的愛與撕裂，一日讀幾行就掉入深淵。顧城於我就像圓邊帽於他，阻隔了世界，留住了情感的純粹。而《英兒》是刀鋒的帽緣，此後我再無法摘落，無法不持守那樣的愛與撕裂。承認深淵不過就是自己的真實。

大學畢業那年，我從《顧城詩全編》挑出喜愛的詩，印製了一本顧城詩集，送給身邊的朋友。詩集封面，是顧城的畫。那幾年，在他的愛戀中活著，不去問命運知道的事。現在我明白，最初要的是活在上邊有天的世界──

你用不著
拿照片
拿語言
拿煙

微微一藍
天
藍過來了

當我向你關上我自己

從一處很小很小的開口，淨透的金黃色蜂蜜，滴流下來。就像這世界一處很小很小的開口，文明流向荒野，浸透一個養蜂人家的質樸和草莽，侵蝕他們的傳統產業和家庭秩序。就像女孩敞開一處很小很小的開口，含住的蜜蜂，爬出洞口。乾淨純粹的情意，滴流下來。

這是艾莉絲・羅爾瓦雀的《蜂蜜之夏》。

男孩來到之前，女孩從來沒有想過遮掩，遮掩自己的情緒。並非無從遮掩，而是無須遮掩。她從不害怕袒露自己的懶惰、憤怒、直率、快樂。她不害怕被看見。圍繞她的，只有家人。她一直順著生活的波動，無可無不可地，承擔家中的勞動。不曾退出生活，也就不曾退出自己。

男孩來了。她變得沉靜、羞怯、彆扭。他們沒有語言可以交談。不用語言，就可以交談。電影常常獨拍女孩，若有似無的表情，望向某處，然後低下頭來。接續的鏡頭，獨拍男孩若有似無的轉頭，看向某處。鏡頭成了一個開口，留下一個空缺的眼神。眼神的終點，在鏡頭之外。沒有事件發生，那眼神投擲的空缺處，就是唯一的事件。

男孩來到女孩面前。她雙手摀臉，張開，露出臉頰。她微啟雙唇，任口中的蜜蜂緩緩爬出，爬上臉頰。最危險的，就在近處。最遙遠的，已來到面前。他們相視而笑。偶爾，他們聚在一起，刮除蜂箱的蜂膠，將滴流的蜂蜜裝罐。父親不在的時候，女孩的妹妹一如以往，跳起舞來。她對姊姊發笑，等姊姊一如以往地，哼唱出她們的歌曲。可是女孩動也不動。她和妹妹之間，隔著男孩。她無法隔絕男孩的目光，落在妹妹的身體上頭。

她咆嘯起來。

因為嫉妒，且因自己的無助無能。對於祖露的一種否定，也是對於自然的一種否定。恐懼自己的真實遭到否定於是就先自我否定。需要神秘。需要假面。需要空白橫亙在兩人之間。因為懸宕的曖昧是唯一繫緊彼此的方式。不去下賭。忍受未明。唯一的把握，就是不去把握。以孤傲來掩飾脆弱。一動不動迎來距離。所有冷漠都是為了保持親密。避免結束，避免破曉，就讓自己成為謎，成為神秘。如同那些流淌在地上的蜂蜜，黏稠地趨向僵死的狀態。女孩的情感晶瑩、醇厚，不再流向他方。情願停滯在此時此地，依附此時此地。

一切關乎展示。

她不扭動，她收斂身體，張開嘴巴，任危險和禁忌爬過。僅僅想要，展示內在的靜定，而不是外在的線條。就像這部電影的詩意不來自於單一畫面的視覺美感，而是錯過的眼神、蕪雜的生活如何透過剪接而連繫起來，揭示內在生命的矛盾和豐饒。

我們和女孩一樣，從來不知道自己的身體是一座開口，直到我們渴望親近另一個人，再近一些，直到能夠生吞他，讓他毫髮無傷地，活在自己裡邊，留守他的純真和孤獨。

男孩和女孩取暖的洞穴是一個開口，空無一人的房門布簾也是一個開口，原來，最深沉的信任通向彼此，最輕盈的包容穿透彼此。

當我向你關上我自己，才知道你我敞開的我們那樣深邃、那樣遼闊。每一個此時此地，都是奇蹟。

雙生的火焰

她走進來，所有的顛簸顯得太過精確而小心翼翼。她不是她，不是我在等的人。我等的人，她的恍惚裡有一種帶著創造力的恐懼。神色斑駁而肢體從未放棄與時間搏鬥。她將狠狠附著在一個男人胸前，勾著他的頸項，把自己全然交付。不顧每一次剝離與墜跌，她將再一次從地上爬起來，伸出雙手，更強烈地纏縛住男人的身體，以此對抗瞬間落下的疼痛，更緊更無助地，擁抱。

我等的這個女人沒有出現。走進穆勒咖啡館的是另一個亞洲面孔的女人。當然，碧娜鮑許也不在了，換了一個跟她一樣身形修長的舞者。還好，多明尼克・梅西還在，他跟著烏帕塔舞團三十九年了。這樣深切而灼熱的擁抱，他從年輕給到現在。仍是那張雕像般的臉孔，只是，擁抱的時候，雙手禁不住顫抖。

我們究竟能在一個地方停留多久，又能在哪一個地方持續安居？

有人進來，有人出去，穆勒咖啡館不是一座實體環境，也不是一幢神思交會的心靈空間，它是一個盛裝故事起落、愛恨伏流的微型宇宙。於是，他們在那裡反覆衝撞而找不到出路、脫下了衣服又失心穿上、撞開的椅子被一一扶正、來來回回奔跑而漸漸失速崩塌、伸長的手臂在虛空裡打撈無盡……

這難道不是愛情的隱喻？而愛情不也就是生存的隱喻？關乎如何把自己飛快丟失而後緩緩把自己撿拾起來。每一次從頭來過，都是洗刷了血痕之後的明亮初淨。用同一股力量，迎向愛，迎向死。女人擎起男人的身體，甩向一面透明窗扇。男人摔落在地而後爬起，擎起女人的身體，甩向透明窗扇。女人落地，而後爬起。他們反覆擎起對方，拋擲對方，燃

燒對方。他們同樣認真，認真對待彼此的重量。他們的認真形成了一種擺盪的虐待，令愛筋疲力竭，連筋疲力竭都被愛甩開落地。

我們和他們一樣，只能在一個地方停留且在那一個地方持續安居。那裡不是別處，就是情感的每一吋變遷。一個人無論到了哪裡，碰到的永遠都是變遷。明確的歸屬感，留在一切事物與空無一物之間。就像穆勒咖啡館的舞台上，空空留下散落的桌子椅子，以及在那之間還沒散逸的人的味道。就像舞台三側的透明窗鏡，有些什麼留下來了，也有些什麼在靜靜流動，裡外一切清晰的朦朧的，全都映疊相逢在一面窗扇，令所有故事顯得不足卻又太滿，連傷感與探問也多餘地沒有必要。就像顧城的詩——

是有世界
有一面能出入的鏡子
你從這邊走向那邊
你避開了我的一生

幻影敗露

名為「愛」的文學課堂上，我挑了七等生的〈我愛黑眼珠〉作為讀本。年輕的學生露出鄙視的目光，說李龍第壞了，一個背德的人。我氣急地問，什麼是道德？面對危難的當下，不做過分的期待，也不做過分的自憐，清清楚楚地認識現狀和自己的能耐，李龍第給予妓女的照護，不就是一種道德的愛？

喧嘩的課堂靜默下來，如一猛烈洪水阻隔了學生和我。一陌生男子在急流中拋出小船，搖槳過來，說他反對我，但他想再聽我說得更多。我怯怯地說，李龍第的妻子和他懷中的妓女，都有一對黑眼珠，扣回小說的題目，李龍第在世界秩序的崩潰中還積極找尋他能擔負的救人行動和責任，他的愛不封閉愛的途徑和愛的接受者，超越了婚姻關係的牽制，沒有分別心地流向他眼前陌生的人，這就是道德的愛。

十年過去。我和丈夫定情的那一場道德論詰，來自於他捍衛我捍衛他所質疑的〈我愛黑眼珠〉。我們之間的差異、無盡溝通的意願，以及李龍第的活法——在每一個現在創造新的生活意義——成了我們的結婚紅毯。前陣子，我們一起看七等生的紀錄片《削瘦的靈魂》，片中倏忽現身或消逝的人形，近似於七等生擺弄虛實的小說造境筆法。真實的幻影滲透現實，顯化了個人意志和道德的份量；實存的人形忽然成空，令現實化為一幢隱喻。

在七等生的筆下，現實世象和際遇的沉鬱、混濁、危傾，將小說裡的人逼回內心的幻想運作，恍惚地悟出做人的條件和承擔，反轉了他的現實感受和自我認識：虛幻的並非折磨人的現實生活，而是原本穩固的存在和記憶，那難以言傳的個人活命的感覺。幻影敗露之後，那含混不清、神秘流變的自然，就是七等生從沒放棄的追獵：

我不知它時便同樣不知是我，我和它是同時存在和互證。

距離

他跟在我後面。地鐵出站以後就拉開了距離。我穿過一片草原，放慢速度：也許他退無可退的時候會上前牽我的手。然而他恪守分寸，把祝福壓在我的身後。說好了，今天是陌生人。我們聽里爾克的話：

就像已無法承受太大張力的弦上之箭，
集中所有的力量彈飛出去時，
自己就成了唯一的靶。

相愛之後我們很快就知道了相愛需要距離。太過黏膩而失去重心的時候，我們就推開彼此，重新站回生活裡去。那天中午我備了兩盒沙拉，我們各帶一份就出門了。我頻頻回頭，確認有沒有後悔的餘地。他不對我笑，但是眼神充滿溫度，催我上路。似乎非得還原所有漠然和敬重，才能令彼此無礙地發展自身的孤獨。若因靠近而心生依賴和佔有，我們便將摧毀了愛。

我穿過一片草原，走向羅丹美術館。我需要一個強大的力量，將我安頓。而我仍繞著每一尊塑像打轉，找尋一個窺視他的安全距離。直到我棲身在巴爾札克的雕像旁，看那求索要釋放的精力，完全無法被密實的長袍遮蓋。我忽然能夠離開那個捨不掉他的自己了。想起里爾克有段時間擔任羅丹的秘書，他發覺羅丹視女人為下等的物質，無論向她們提出任何要求，她們都不會解體。然而，羅丹的使命就是讓物質不受時間威脅而永遠委身於空間之中。當我繼續走向鄰近的沉思者，著迷於鎖住力量的肉部情緒，我的愛人靜靜走過，沒有拉開我和羅丹的距離。

他不靠近我，不要我解體。

不要停止凝視裂隙

絢麗於她，是一道傷口。

初次在巴黎見面的時候，我望著伶智的畫，一如緊握了她的傷口。她不喊疼的。她靜靜描述那傷口如何撕裂、如何滲血，每一日怎麼幽微變化，彷彿那是一幢新生的地殼，還在膨脹、還在鼓動——她在描述懷下女兒之後的陰部。她的描述如此精細，非得冷凝地覺知自己的每一吋起伏而不帶情感，才能精細逼現那痛楚的痕跡。

不去抗拒痛，無情於痛，是她的溫柔。而每一道傷口於她，都是絢麗。就像最好的詩人，不去變造形體的真實，而是重新構設形體之間的應對關係。伶智的創作繪本《似乎憂愁卻又美好》每一物象都是寫實的工筆，色彩線條的韻律、結構佈局的疏密，都是高度自持的野放和縱情；然而，物象和物象的依附與並置，展現了強悍的哀憐共生。彼此的親密和陷溺毫無間距，就像實虛在她眼裡並非兩造因而毋須過渡，這個世界初生就是如此，如此暴力華美，如此愛恨蕪雜，如此難於復原，她決意不要，不要停止凝視裂隙。

她說：「**長頸鹿是很高的動物，它的大腦離心臟好遠好遠，當它悲傷心痛的時候，我要趁著大腦還不知道的時候，緊緊抱住，安慰它。**」她說：「**因為貓頭鷹怕黑黑，所以它跟我一起在黑夜中睜大眼睛，讓星星倒映。**」那裂隙不是別的，是生之慾，也是死之愁，一切矛盾共生：似乎憂愁卻又美好、堅強然而脆弱、激烈且又無聲……，伶智凝視裂隙，趨近裂隙，用全部的力量擁抱它們，在它們塌陷或縫合之前，悉心聚合所有裂隙，放到她女兒的手裡。

這是一個母親能夠傳承的最美的禮物——親愛的，別忘了凝視自己的傷口、親吻世界的傷口，因為你們本來就是相連的生命整體。

醜惡墜落於無

結束縱情的年歲，我捧著一瓶酒、一團棉花，以及腹中逐漸成形的孩子，去看他。烈日與我一道走進北鎌倉的圓覺寺，只有我赤腳踏過墓地碎石，坐進陰影。抓起棉花，輕觸它的蓬鬆，注視凹陷慢慢隆起，回復原形。而承接它的我的掌心，還記住那反覆的搔弄，不真能將它抓住。太輕了，它幾乎沒有重量。我使力曲折的指節，成一容器，無意束縛它也束縛它了，無意捏塑它也捏塑它了。

開始撕扯。每一指頭繞進棉花，扯動它的柔軟，扯動它的白。把柔軟一直拉開拉開，成一絮線，它也不斷。我倚靠墓碑喘氣，用最大的力氣破壞棉花，那向外繃緊的力量忽然轉而向內，猛力聚合，接住了我的猶疑、卑怯和軟弱所釋放的暴烈。分不清是我撐開棉花，還是它將我撐開？我為了那突如其來的背反與救贖而崩潰大哭。

這就是活著嗎？小津。

我重新起身，不再抓住棉花，任隨它飄，我用身體接住它的起落。直到自由將我們完全繫在一起，我才停止舞動。貼著碑上的「無」，看見一深邃的空間，鑿出了無。無，也有空間嗎？小津。我貼得太近，光滑的黑色墓碑，映現了我，以及我身後的青綠山頭。午後的斜陽，也在黑色之中。

小津就這樣框住了一切。

醜惡的，也在裡邊。那是情感的叛變，親密的相屬關係應聲斷裂。像是《晚春》意欲再娶的父親之於女兒、《秋日和》意欲再嫁的母親之於女兒；女兒們視為骯髒、不道德、不能原諒的再婚，越過了一道神聖界線，

毀棄了一個封閉而穩固的結構秩序，我透過你而建立的存在感被鬆動、我透過你而建立的幸福感被搖晃、我透過你而建立的世界觀被否定。那真正骯髒、不道德、不能原諒的，並非家人的再婚，而是「我」的脫落。我被家屋驅逐，被棄在未來之前，生命凍結。

那樣被輕易背叛的人，揹起了骯髒、不道德、不能原諒的命運，向著空無的承諾嘶吼，醜惡的竟是自己純粹的信任與交付。然而，鼓脹的棉花，盈滿了虛空。就像《晚春》的夜，女兒指責父親再娶，父親已呼呼睡去。房間一只空的墨色花瓶，其後的牆，盛裝了樹影搖動。

女兒因父親的背叛而翻湧跌宕，她的臆想和驚懼恍若虛空的樹影猛烈擺盪；而造謊為了讓女兒安心出嫁的父親則像那未插上任何一枝花的空瓶，厚實靜立於晃動盤結的樹影之前。醜惡，墜落於無。醜惡地虛構陰影，才能承擔黑夜。被我相信的幻象，無法被真實打落。我的脫落，終究源自於我對連結沒有信仰。我沒有膽識去造，造一份超越凡俗的關係。

於是活成一種矛盾而負疚的姿態，像是《東京物語》為丈夫守寡八年的媳婦向公公坦承：「不，我並不像你們說的那樣好……我很自私，並不像父親和母親所想的那樣常常想著昌二。最近，甚至想不起他來了，也許忘記他的時候更多。我覺得自己無法永遠這樣下去。有時半夜醒來，也會忽然覺得日復一日，十分寂寞。我內心深處，還在等待什麼似的，所以，我很自私……」。

那是掙扎，掙扎向生之繁複和矛盾。小津說，泥土是真實的，蓮花也存於現實之中：「泥土骯髒，蓮花的根、蓮藕埋在泥中卻開出清麗的花。泥中之蓮，這是描寫泥土和蓮藕以襯托蓮花的方式，反過來想，也可以藉由描寫蓮花，突顯泥土和蓮藕。戰後的社會不潔、混亂、骯髒，這些都令我生厭，但這是現實。於此同時，也有謙虛、美麗而潔淨綻放的生命，這是另一種現實。無法同時關注這兩種現實，就不配稱為創作家。」

小津自認「失敗之作」的《風中的母雞》凝視泥中之蓮，凝視生命的柔弱和強韌。一個等待丈夫從戰場歸來的寡居婦人，貧儉地跟稚子相依為命。當孩子生病入院，她為了醫藥費而苦惱，為了不拖累他人而想起自己能夠賣身。那一刻，她走向房間的角落，掀開布幕。一面鏡子，露出。她低垂著頭，避免望見鏡中的眼。慢慢地，她抬起頭，直視，越來越喘。

毫無遮蔽、毫無退路地面對自己，是一風暴，令她窒息。最後，她摀起自己的臉——下定決心的時刻，面對生存即是不去面對自己的道德。直視，如此艱難。更需要勇氣的，是背棄自己的目光，在行動的當下，走入全新的道德，擔起沉重的歉疚與良善。

丈夫歸來，無法諒解她的背叛，將她推下樓梯。這戲劇性的墜落，如實貼近了情感撕裂的創痛和繼起的毀意和報復；然而，赤裸地呈現暴力場面，帶來感官的凌遲，卻逼退了情感風暴捲起的恐懼、哀憐和省思。這就是小津戒慎的：過份縱情，輕蔑了情感的份量。此後小津的空鏡、遠景、省略剪接、背叛戲劇性、背叛故事情節而以人物情感為敍事軸心……，都是一種引渡的容器，盛裝那處在超越自身的整體之中的自我。

空無的棉花，於是盈滿生命之重。醜惡的，美麗的，小津與它們對峙，將它們留在框內，留在我們的視線之中——層疊的門扇，後邊有人。他們的嘆息之深，亦是他們的懂得之深。懂得青綠和昏黃、初生和死寂，都是一種凡常。那嘆息不是否定，而是接受。接受動盪、接受崩壞、接受隨之而來的秩序。《東京物語》的女孩憤慨於親族的冷漠：「人生豈不是太令人失望？」女孩的嫂子露出了優雅的微笑：「是的，人生令人失望。」

原節子的微笑那樣輕，輕且甜美地接納了悲喜，沒有一絲無辜，沒有一絲抵賴，不在乎是自己撐開了命運，還是命運將自己撐開。失望並非底線，那對人生肯定說出「是的」的坦然，才是她生命的地平線。那份篤定和坦然來到《麥秋》，原節子飾演一個選擇下嫁鰥夫的女人，當她的父母和兄嫂圍坐一旁，問她這草率的決定有沒有束縛？她明快而堅決地

回答：「沒有。」家人被她的堅毅壓低了頭，不再出聲。

從容說出是或不是、有或沒有，都是對生命的一種肯定，要醜惡墜落於無。小津說：「我是透過鏡頭尋回人類本來豐富的愛。」那一種愛，就像《晚春》的父親回答女兒為什麼不能像原來一樣一起生活：「妳即將開始一個新的人生，其中並不包括我，這是人生和人類歷史的一種秩序。」愛是尊重秩序，尊重生的秩序、開展的秩序、崩落的秩序、死的秩序。小津電影所揭示的生命姿態一如棉花，它的柔軟即是它的強悍。無法停止流動變化，無法輕易碎裂。它的流動和變化，就是它的完整。像是小津墓碑上的「無」，一筆一劃都是深邃而確鑿的空間。小津也以無常的人世變遷，帶我們看一眼恆常的寬厚。

廝守和永別

《Pink Wall》具有一種輕薄的顏色，可別忘了它是一道牆。它橫在那裏，愛侶一再容讓的可能性頓失。要說它獨佔了轉圜的餘地，不如說它終於碎裂了，露出情感的真相。相識的那一夜，他們沒有做愛。無比親密地交換了所有羞恥的秘密和心願。要變成什麼樣的人，再不用遮掩，他們有了對方扶住自己的搖晃。進入深處，應允活著要有的一種確信，他們抵達那樣的生命深處，就不再分開過了。或是，就耗盡了相識的唯一意義。他們一開始點燃的，並非對方的慾念，而是深埋的，自己對自己命運的審判。他們需要彼此施予強烈的祝福，近於咒詛，他們才能答應，自己終將不凡。令他按下快門的，從來不是遠方，不是壯麗和深邃，他透過鏡頭持續去看的，是所愛之人無法向外人展露的暴怒與狂喜。他要一直確認，她是他的，向著他的。僅僅如此。拋掉自己的未來無所謂，拋掉自己的幸福也無所謂。餘生再也沒有別的夢了，只是全心注視著她。而她在那樣信任的注視和聆聽之中長出的，正是離開他、離開平庸、離開那蟄伏底層的力量。她在他鏡頭底下擺動的，是她征服世界的決意。他們哪裡會知道呢？這一夜對他來說是安穩的廝守，對她則是絢麗的永別。我三歲的孩子小川看著最後一幕愛侶面對面站在廣袤的草原上，他轉頭告訴我：「不要哭了，他們會活下去。」要怎麼告訴小川，我的眼淚不是為了他們多年後分開，而是他們在一起了那麼多年。

愛情誕生於一則隱喻

隱喻是一種危險的東西。我們幾乎會把整個生命情境融入一則富有美感的形象之中，而那形象是構築在所有精心挑選的詞彙連綴裡。於是，我們透過詞彙所描摹出來的形象，慢慢墜入一種自我催眠的狀態。

這股無邊無際想要跌落的欲望，就是米蘭昆德拉在《生命中不能承受之輕》說的「暈眩」。暈眩不是害怕跌落，暈眩是空無的聲音，它吸引著我們、魅惑著我們，令我們無法遏止地渴望活在持續不斷的暈眩裡，感受自我設想的甜美召喚，要自己放棄命運和靈魂，同時感受自己對這一切擺佈的奮力抵抗。

托馬斯跌入的暈眩狀態是，執迷於探索每個女人那百萬分之一的不同，他藉由性愛來佔有那些隱藏在她們內在深處的某些獨特性。他並不貪戀感官逸樂，而是以解剖刀剖開世界橫陳的軀體。但當他遇上特麗莎，他覺得這個女人像個孩子，被人放進塗覆了樹脂的籃子順流漂到他的面前，他得像法老王的女兒撈起水裡的小摩西、像波里布收留被棄的小伊底帕斯那樣，寬赦受苦的生命。

沒有人會相信，我們的愛情是某種輕飄飄的東西，或是某種沒有任何重量的東西。因此我們開始解讀偶發事件的意涵，相信一則隱喻所寓示的駭麗命運。就像一心想要尋找自身存在獨特性的特麗莎，將「六個偶然」視為她與托馬斯的相愛預兆。昆德拉說，這不是迷信，而是美感。人在美的感受力的導引下，把意外發生的事件變成即將寫進自己生命樂譜上的一個動機，每個人都會回到某個動機上，重複這個動機，修改這個動機，發展這個動機。

人，不知不覺地，依循了美的法則，譜寫了生命的隱喻。年輕的戀人，生命的樂譜才在前面幾個小節，還可以一起譜寫這份樂譜，一起改變其中的音樂主題，可是，如果人們在年紀大一點的時候才相遇，他們的生命樂譜幾乎已經完成了；每個字、每個物品，在每個人的樂譜上都意謂著不同的東西。而即便是相同的東西，每次也都會引來一個不同的意義，但這個意義與過去所有的意義反響共鳴，每一次新的經驗都會迴盪著更豐富的和聲。

所以，昆德拉在描寫薩賓娜與弗蘭茨之間的愛情時，羅列出幾個詞彙來彰顯他們內在的疏離與分開的必然。他們熱切地聆聽與述說，他們確實理解彼此話語的邏輯意義，但卻聽不到、說不清語義所指涉的情感經驗。也就是說，任何詞彙含藏了屬於個人生命歷史的獨特記憶，於是，詞彙所構成的詩情隱喻，將斷然地讓一段愛情誕生，或是無情地終結一段愛情。正因為生命有這些隱喻，有這些意義的追尋，我們的存在才不致失去所有的維度，變成不能承受之輕。

挖洞

素淨死灰的墓地，沒有一點光華。如果有，就是時間在其上刮擦的紊亂黑線。我坐在莒哈絲日漸老去的墓地旁，剪下她的小說《勞兒之劫》的一個句子，留下給她。現在重讀小說，我盯著那一個鑿開了連續的洞，勞兒停在洞口，遺失她曾說過的話。還以為跨不過去的，一步就回到日常。或是，以為跨過去了其實沒有，洞口越裂越大，上頭佈滿了結結實實的謊。

避免掉到洞裡只好，掉進謊言。

一場舞會，來了一個黑衣女子，降魔般地把勞兒的未婚夫攝去了魂魄。他拋下一切，跟隨那名神秘的黑衣女子離去。勞兒發出一聲嘶吼，知道自己被劫走了一生。此後她失神地活在日常最表面，不斷繞回洞口，打撈那片深邃的荒蕪。莒哈絲說，她筆下的所有女人，都源自勞兒。她們一生流放。愛過一回，便萬劫不復。

《如歌的行板》、《廣島之戀》、《勞兒之劫》的小說開頭，那些勞兒般的女子突然墜落，等她們從愛情的劫難中醒來，發覺自己根本沒有墜入洞裡，那洞不顧她們的強烈渴慕而逐漸消隱，她們的一生便圍繞著這份虛空而展開。每天回到咖啡館、回到街道、回到草叢，憑藉揣測和記憶，重新孵育一個洞，把自己塞進裡面，吸吮自己的苦難。

勞兒們挖洞，莒哈絲也是。她的書寫不為了故事，而是引發圍繞在故事週遭的事物。她說，她喜歡「挖掘那些在詞語和動作之間形成窟窿的、不可能填補的空缺，或是那些存在於已說和未說之間的殘餘。」沒有什麼比愛情的劫難還令人癡狂且願意捨下一生。而莒哈絲知道，這樣的譫妄再怎麼雜沓空洞，光華的生命想像也都幽禁於此。

因為我從不糾纏你，所以牢牢掌握著你

完整的意思就是
道路漫長，可以一直走下去
天黑下來，不再看見
使人受傷的花朵和陷阱

——蘇淺〈平安夜〉

法文裡的「ravissement」是個歧義的字，代表「迷醉、狂喜」，也意指「劫持、擄奪」，還具有「強姦」的意思。這幾種猛烈而失心的暴力，具體地揉合進吉田修一的小說與同名電影《再見溪谷》：萬劫不復的際遇，牽動了復仇、隱忍與性愛的多重對峙，沒有誰比誰無辜，也沒有誰比誰更加殘忍。如果劫後餘生，完整的意思就是，道路漫長，可以一直走下去……

吉田修一的原著小說開頭，描寫一個「**涼風吹不進來這裡**」的地方，即使溪水流過，樹木仍猶如靜物一般；就像男女主角的關係，即使有愛與理解，依然枯槁死寂，沒有退路。電影的開場，他們做愛，沒有退路那樣地做愛。鏡頭一如吉田修一的文字，清透飽實，耽視著日常的裂隙，日常的喘息，日常的惡寒。女人說，來吧。男人的身體才完全燃開，烈焰般覆蓋在女人身上。如此親密，如此強制，像是一個啟動的命令，也是一個中止距離的命令。直到後來我們知道，這道命令源自報復的心念，源自傷口的無盡挖掘。慾望越是強烈，悔恨越是確鑿。

唯有越深的相愛能將彼此捲入更深的自毀。他們相守，為對方創造一個地獄，相守即是地獄。女人說，我們不是為了要幸福才在一起的。男人說，我們約好要一起不幸，有這個約定，才能夠在一起。他們因為相守

而無法忘懷過去，無法脫離負罪感，無法輕易倖存，每一刻相互折磨，虐亦被虐。並非「雖然悲傷，但他們仍然感到幸福」，而是「因為悲傷，他們覺得幸福」。贖回過去的方式就是重新佔有過去，此時，不攫取希望，不拒絕希望，心底縈繫著愛卻守口如瓶。忠誠於恨，掙扎於愛。原以為沒有退路了才愛，愛了卻發覺早已沒有退路；除了愛，沒有別的出路。只要天黑下來，便能不再看見，使人受傷的花朵和陷阱。

沒有更響亮的仇敵，也沒有更響亮的恩情，他們的關係如同小說裡的這個象徵段落：「**悶熱的室內，男人把膠帶拉得長長的，從女人的肩貼到背上。他一口氣撕掉膠帶，原以為會發出聲響，但汗濕的膠帶就這樣不聲不響地被撕下，又捲起來。**」《再見溪谷》憂悒地凝視憾恨，一切靜靜落下，無聲地響。當他們不再相互劫持，他們也就從愛情的迷醉狀態永久地醒了過來。失去糾纏，於是牢牢掌握著彼此，就像村上春樹在《挪威的森林》寫下：

螢火蟲飛走之後，那光的軌跡依然在我的心裡留了好久。在閉上眼的厚重黑暗中，那微弱而輕淡的光芒，像是無處可去的遊魂，長久徘徊不已。我在那樣的黑暗中幾度試著伸出手，卻什麼也觸碰不到。那微小的光芒，總是停在我指尖的前面一點點。

欲望的獻祭

Baboo 導演的戲劇作品《海納穆勒．四重奏》猶如一場血腥暴力的聖潔儀式。舞臺上的祭壇是一座由地面向上延伸、線條簡單銳利、狀似人體下半身的巨大白色剪影：雙腿紮進地底，髖骨挺立天際；而一間透明的玻璃屋，居中昂然，像性器，膨脹垂落於舞臺中心。

玻璃屋裡，一架黑色鋼琴，一名德國琴師，以音樂勾串儀式的進行和休止。屋外的一角，光線昏暗，並肩坐著一對男女，以法文的低誦，唸出固態般的祭咒，包覆整個祭壇空間，如繚繞煙霧，透骨氤氳。

玻璃屋內，兩名巫師，一男一女，憑藉言語的刺探和肢體的摩擦，實踐交媾的權力互動和姿勢體位，陷彼此於高潮快感和憂鬱感傷的極端處境。他們犀利、強悍、矯飾而挑逗地扮演和遊戲：有時將自己掏空，有時充滿強烈的個人印記，有時指引對方掏空自己，有時呼喚出對方強烈的隱蔽欲望。

他們經驗著神靈附體的過程，進入忘我的迷離狀態，在精神與肉體的搏鬥中，相互虐待、相互宰制、相互啟蒙。他們是彼此的神靈，附著對方的軀體；他們也是彼此的貢品，獻祭完整的自己。

性愛，原本就是殘暴的控制和消耗，連續的侵犯。這一男一女，他們不怕玩下去，只怕對方不玩，畏懼對方不能使自己成為一個被觀看的角色；畢竟，他們要在對方的注視底下，才能確立自身的存在意義。所以，無法投降，無法突破，他們只能一直流血。

流血，是他們共生的法則。共生的意思是，輪流作主。雙方都是強勢，也同為弱勢；是命令者，也是服從者。他們強調肉體自有靈魂，無須思

想的支撐，但命令者卻仰賴服從者的思想的支撐，受制於服從者的乖順和沉默。因此，他們折磨對方的同時，也在培養默契和欲望。他們反叛，又壓抑反叛，他們壓抑，又反叛壓抑，一再反轉權力關係，操控彼此的意志和身體，於是，他們的反叛，否定了真正的反叛。

然而，他們才不要反叛，兩名巫師要的是，熟練於主導和尾隨、激情和懦弱，在愛情的關係裡，世故狡詐地博取博取對方的好感，為彼此建立威信與成就。他們相信，活著無法達到高潮，唯有成為死屍的蛀蟲，在腐敗之中重生。

當男人承諾以最後一支表演來取悅女人，他脫光衣物，赤裸身體，女人卻不動聲色，僅替他淋上鮮血，遞給他攝影機，她自己退居角落，觀看男人的自我獻祭。凝視，是為了拉開距離，以想像來調度欲望的結合和脫離。凝視與想像，能自由地穿梭外皮和內臟。沒有什麼比得上，想像本身的沒有極限。

女人用勝利者之姿走向毫無尊嚴的男人，男人卑微地對她說：「我最愛的……是我自己。」然後他放聲大笑，對女人的慾望復仇，以此癱瘓女人的高傲和自信。一切沒有盡頭，虐與被虐，沒有盡頭。女人氣急敗壞地用塑膠袋包裹男人，像處理一件不要的垃圾，使他窒息，再也動不了。

女人荒頹地走出玻璃屋，走出祭壇，走出廢墟，筋疲力竭。屋外的男女為她褪去黑色洋裝，露出狼狽的裸身，為她穿上紅色高跟鞋，像童話故事裡那一雙永遠脫不下來的紅舞鞋。什麼都不剩了，只剩一個受詛咒的皮囊，脫不下來。

穿著紅鞋的女人，倒地。她的宿命是擁有，而擁有之物卻反過來牽制她的存在。她已經失去對手，失去共生的另外一半，她渴望填滿的事物並不在場，所以她落寞、蒼白、痛苦地倒下。只要權力關係消失，她的生存意義也就跟著不見了，如同吞噬客體而主體便不復存在的沒有名字的怪物。

原來，這場儀式暗示了非道德的行為卻道德地嚴守雙方互動的交際分界。一對男女，可以進可以退，但不能失去對方。而他們索求的，是那份無法預料卻不超出生死邊沿的回應。如果，殘酷有極限，或許就是欲望不再被回應。不再有人等待，等待並回應自己的溫柔、暴烈、狂喜和絕望。

這是我的人生，而它終於回返

吉莉安・弗琳的小說《控制》和大衛芬奇改編的同名電影，英文原為「Gone Girl」。「Gone」除了字面上有失蹤的意思，還有神奇、傑出的意思。故事不僅殘酷地凸顯婚姻的困局，還殘酷地描寫夫妻這對疲乏困獸，待在相互控制的關係之中，竭力讓自我失蹤、創造出一個完美的假象，繼續守護這座婚姻圍城。小說和電影的敘事手法——向著封閉性解謎，謎底揭開之後仍是失落了無限可能的現實生活——也成為那殘酷的一環，控制我們去拋下我們看待世界的方式，也就是，要我們認清事態的轉變或許根本不存在。就像電影開頭和結尾的重複鏡頭，打造了一個環形的牢籠。

那顆頭顱，控制了彼此的餘生。

愛是連結，不是關係。連結，是一種持續不斷的探索。關係，是一種理所當然的封鎖。一對男女，兩個不同世界的交會，本就無法完全契合。倘若完全契合，就會出現停滯的關係。停滯的意思是，忘記對方。《控制》的女孩，就從這個停滯開始，消失。並透過這個消失，進行報復。她善用逆勢，她說：「**我感覺自己試圖裝出迷人的模樣，然後意識到自己顯然過於刻意，然後我會加倍努力，彌補先前的虛情假意。**」她明白她的愛人愛的不是她。她克制不了自己，消失。

消失的女孩，正是愛人和她在一起時，她的常態。她的在，總是費盡心思掩飾她的不在。她參與自己的誕生，看著自己消失而愛人尋找一個消除了自我的軀殼。從頭到尾，她試圖操縱、佔有，讓自己成為滿足對方的一個存在。那顯露在外的卑微姿態，包裹著她那看清愛情因而褻玩愛情的輕慢狡猾，透過委身扭曲來獲得自我認同感。小心不被識破，確定

自己能夠掌控局勢，連輸都是技倆的一部分；其實，她的溫順正是她的謀略，她的悲情正是她的暴虐。

當她越能嫻熟地駕馭自己所扮演的角色，她就越想摘掉這副面具，因為從前翻越峻嶺所帶來的成就感，如今只剩平順坦途的無聊乏味。於是，她並非玩不下去而臨陣脫逃，而是這遊戲無法再激起她的征服快感，所以她佈下另一個謊言來向她的愛人揭露自己的真實面貌。因為消失是令自己不再消失的方式，也是對原有的情感位階的徹底反轉。她說：「這是我的人生，而它終於回返。」

而當她的愛人取得發言權，他說：「我假裝自己是那個我希望成為的男子漢——聰明、自信、事業有成——因為這個年輕的女孩看不出有何不同。」這對男女墜入愛河、步入婚姻，他們都不是他們自己，而當他們意欲回復真面目的時候，他們已成為對方的毒藥。這部作品，無論原著小說或改編電影，並非關注「我們已不相愛，但我們無法分開」的愛情常態，而是「為了相守，我們讓自我消失，為愛造像」的恐怖平衡。如果，我們追求的不是完美的理型而是真實的應對，自我便不須消失，而會自然地忘我，為了承接彼此的真實狀態而做出每一種相應的改變。不依恃，不控制，信任生命本身。唯一的責任就是，不讓對方知道自己的愛有多麼深刻。並非害怕對方濫用自己的愛，而是怕他承受不起。

他人即地獄

沙特揭示了人的存在處境，他的劇本《無路可出》描寫三個剛死的人在地獄的密室中，無法產生行動，只能通過別人的目光來界定自己。地獄裡沒有任何刑具，唯一折磨和約制他們的，就是彼此的關係。

密室沒有鏡子、沒有窗戶、永遠不能關燈，死者的雙眼無法闔起來，這些都讓他們只能活在具體的實相之中，沒有辦法透過任何一個拓展空間的方式，來拓展他們的想像。當封閉的空間使人無路可退的時候，他們只能轉為投入眼下的、正在發生而不得不面對的物事。更可怕的是，死者無法再死一遍，他們無論怎樣都不能藉由自殺而逃過地獄的生活。這個地獄剝奪了死者自殺的權利，讓他們沒有簡單的出口。

因此，「無路可出」的意思不是沒有活路可走，而是如果死亡不在最後，活著如同掉入深淵的時候，他們要如何在想死而死不了的挫敗中，繼續面對自己，以及他人眼中的自己？「無路可出」衍伸出來的意思就像地獄聽差說的：「**四壁之外有條走廊，走廊的盡頭是別的房間和別的走廊，沒有了。**」這裡沒有死路可退，到處都是活路，而且眼淚流不出來，傷痛無法排解。

那麼，在這個地獄裡的死者，如何自處？劇中唯一的男人加爾散說要正視自己的處境，但又迴避自己深層的恐懼，所以，他外表上的平靜是虛偽的，他向其他死者提議：「**讓我們彬彬有禮地相處吧，這是我們最好的防線。**」他不去揭露別人的弱點，他也不希望別人觸碰他最真實脆弱的地方。所以，他選擇「演戲」：描述自己，卻以遠離核心的方式描述自己，讓自己與他人像旋轉木馬似的一個追逐一個，永遠也碰不到一起。

面對加爾散的故作姿態，柔弱嬌貴的艾絲黛爾不拆穿也不質疑，這不僅出自於她善於討好、害怕被別人討厭的懦弱本性，也源自她的自我防衛，因為順應別人的劇本，說著別人想聽的話，至少可以不用發出自己真實的聲音。某種程度上，艾絲黛爾和加爾散一樣，他們都極需活在別人的心裡，透過別人的注視，以證明自己的存在。艾絲黛爾說：「**當我不照鏡子的時候，我摸自己也沒有用，我懷疑自己是否真的還存在。**」而加爾散說：「**只要一個人，一個便行，全心全意地為我證實一下：我沒有逃跑，我不可能逃跑，我是勇敢的，我是無辜的。你願意相信我嗎？你對我來說，將比我本人更可貴。**」

然而，伊內絲卻不需要透過外界的聲音來肯定自己。她一來到地獄，就認清了現實，不讓自己成為情緒的俘虜。她認為加爾散、艾絲黛爾和她自己，都在生前折磨別人，如同殺人犯，因此他們到了地獄之後，才會被關進同一個房間。她不只坦承面對自己內心的魔鬼，她也逼迫加爾散和艾絲黛爾勇於面對自己內在的醜惡。

加爾散說：「**讓我們閉上眼，儘量忘掉別人的存在。**」他真正的意思不是他想忘掉別人，而是他希望別人忘記他，不要注視他，因為注視即確立了雙方相互監禁和牽制的關係。被別人看見，就等於被對方抓住，即使自己只是被抓住表象的存在，也構成了嚴重的侵犯。因為每個人在每一個剎那所做出的選擇和決定，依據的是一種自我內化的信仰，也就是說，每個人的生存，需要仰賴和依循他自己有意無意建立起來的神話和邏輯。只要有另一個人的存在、另一個目光的注視，就出現了另一套檢視和挑戰自己的神話。

重要的不是自我的神話和他人的神話是否存在著高低優劣之分，而是兩者並存，必然產生的「差異」；是「差異」使人們陷入一種懷疑自己的慌亂不安裡，亦即「差異」會讓一個人開展出「否定自己」和「肯定自己」的自我對話關係。因此，這就是為什麼地獄裡的死者們儘管毫無牽涉，卻會成為彼此的劊子手，因為他人的存在，暗示了自己的神話不過只是一種可能性，而不再是獨特的、完美的、無庸置疑的唯一理型。

伊內絲像一面鏡子，她和物質性的鏡子的差別是，物質性的鏡子的最大功能也是唯一功能只是如實地反應照鏡者的外表——僅僅反應那層外表——不能給予任何具體的回應，無法肯定也無法否定；而伊內絲卻能讓在她面前如同照鏡者的加爾散和艾絲黛爾一絲不掛。她跟他們撕破情面地戰鬥，她並非自以為較他們無罪，而是自知她比他們誠實。她想要的，是跟他們平起平坐，一起接受良心的審判。她渴望與他們誠實相待，誠實的意思不只是袒露並承認自己的處境，更是不自憐這種處境，願意接納並解決自己的難題。

伊內絲之所以發狂似地剝開加爾散和艾絲黛爾的傷疤，就是因為發現他們並沒有打算坦承或解決自己的問題，他們依靠彼此，是為了尋求慰藉，以及虛假的溫暖。伊內絲不想陪他們戴上面具演戲，她想說真正的話、聽見真正的聲音，她每一刻都想讓自己真實的聲音穿透自己脫不下來的面具，她不能忍受他們只是在她眼底照見他們自己想看見的形象，安逸地躲在面具裡。她無法停止審判自己，同時她也非得要繼續審判加爾散和艾絲黛爾的媚俗、逃避、自負。她期待三人能夠「抓住」對方，彼此積極地面對自身內在的分裂，並且，在此拉扯中，形成自己的良知。

伊內絲想「抓住」他人，雖然乍看如同惡意的瓦解，但其實她是想挑戰他人內在的堅實度，逼使他人面對自己的真實，她也默默期待他人能為她暗示出活著的另一種可能。最後，當房間的門打開，道路通行無阻，他們卻沒有一個人選擇走出去。因為他們終於明白，沒有一刻他們能走出自己良心的房間，所以，他們的難題不在於他們可以逃到哪裡，而更在於，當他們沒有死路可退，到處都是活路時，他們能否拒絕逃避，拒絕去逃避自己。因此，「他人即地獄」的意思是：唯有他人存在，才能與自己辯証出屬於自己的道德戒律，逼現出真正的極限，讓自己接受良心的考驗。

審判

「**沒有懲罰，逃亡也就沒有樂趣了。**」在安部公房宣告那個男人消失之前，他在《沙丘之女》小說開頭的前一頁，留下這一句話。作為一種審判式的引言，看來，他自己接受了這個命運的審判，且意欲將這個審判輕輕抵在所有人的肩頭上。他讓你意識到這審判的重量將隨著他越來越沉的手，慢慢託付給你。別忘了，這審判是他給的，他透過流沙的傾漏和覆滅，要你陷入無可脫逃的判決之中。他為你承擔的方式就是比你更早察覺這個審判，而當他接受了這個審判，他就能輕輕拎起這個判決，放到下一個人身上。於是，他從陷阱脫逃。這一道審判，究竟是悖論，還是荒謬的存在真相？逃亡的懲罰是失去逃亡的自由，將你的反叛和冒險抽去意義，生命無法指向未來。你需要一個對立面來確認自己所信以及所拒，那懲罰就如同獎賞，探測你所信及所拒的真實性。被迫生成的行動，仍會走出一條只有你會那樣走的逃亡路線。就像受困沙丘的男人，當他的汲水實驗有了成果，他不再想要逃亡，他腦海裡浮現的，是循著沙粒間的縫隙攀爬的、像銀色絨毛般一望無際的水脈網絡。他的整個世界已然翻轉，隆起和凹陷的位置也對調了。從沙子汲水的同時，他打撈出了另一個自己。你在被迫面對和確立自我的掙扎中，也將滿心喜悅地認出自己的命運還在前方模糊地形成。你要追上去，而為了追上那份未知，再也無視後方的懲罰。原本服從外在權威的你，將在那個受限的條件底下，樹立內在的權威——責任與良知——重新奪回有所作為的自由。探照前方的燈，不再由於躲避後方的黑暗而持續亮起。終於，你不再稱其逃亡，你蠕動的雙唇正將「創造」兩個字艱難吐出。

穿透鏡子的凝視

分不清楚，他在凝視什麼？

當女人順著情慾的流動撲向他，將自己毫無保留地攤露開來，無數次他說「別動」，命令她們停下，停在情慾為她們的身體自然形塑的奇異姿態裡。隨即他拿起畫筆，將日常的纏綿，隔絕在畫紙之外。彷彿還有比情慾更撩動他的東西，令他能冷酷地打斷現實的親密，熱切地在紙上描畫那些女人的眼神和形體。

若凝視是他的追逐，他在追逐什麼？

《席勒：死神與少女》電影最初的畫面，閃現著火焰焚燒的紙鈔、女人哀戚的臉、男人揮舞的手……。烈焰的殘餘，不若漆黑的人影墜逝。而他靜靜凝視一切。或許，不是凝視，他在吸納所有驚嚇，吸納所有瘋狂，吸納帝國時代的整個崩毀。就像我們跟隨攝影機的流動，穿越曲折的空間、穿越曲折的光影，最後停在一個女人的速寫臉孔上。那是他不顧自己瀕死的衰頹，向時間掙來的最後一眼。

他在凝視那些猙獰的險境，追逐那些不復重來的信任交託。

導演選擇他的瀕死時刻作為凝視他的起點，向前逆溯同時往後鋪展他的一生怎麼向著死亡挺進。而電影的構圖、場面調度、剪接和敍事邏輯，無一不在摹擬他的創作狀態和繪畫風格。像是兩個女人闖進舞台，以她們自身的追獵戲碼，破壞並取代一齣優雅的靜止展演——那勢不可擋的暴烈和穿刺，如同他和他的作品在那個時代的駭麗現身。

要人屏息的，還有那些運用鏡子和他的畫作來進行的轉場橫渡，因為鏡子和繪畫藝術同樣具有映像和再現的意涵，瞬間就讓虛實交融，令現實和記憶指向未來。而那些人世的情愛關係，再怎麼許下誓約，都沒有跟他一生遷徙作畫的那只鏡子還要忠實牢靠。

畢竟，他不是凝視她們，而是凝視鏡子，成為她們與他自己的觀眾。就像1910年的作品〈畫著鏡前裸體模特兒的自畫像〉、1913年的〈愛侶〉、1915年創作的〈情人〉、〈做愛〉、〈死神與少女〉和〈坐著的一對情人〉……，他在看和被看、畫和被畫的雙重位置上，陷入一種從欲望到映像，又從映像到欲望的無盡循環。他要畫眼前的女人，也要畫鏡子反射出來的他們結為一體。

於是，穿透她們，穿透鏡子他在凝視的，是那扭曲的身形終究無法遮掩的直白情感。於是，他與她們做愛的方式不是進入她們的肉體，而是進入她們的情感所強烈叫喚出來的他的創作想像。用最單薄的鉛筆細線來盛裝最濃稠賁張的情慾筆觸，他對她們身體的回應，是以紙上那些激越纏縛的線條與色相，將她們流動的情慾，永遠凝固留存下來。

著魔的神

讀完育正的詩集，我軟弱地擔憂他怎能承受那麼多暴力？那些被屠宰的動物、被歧視的弱勢族群，他嚴肅看待他們遭受的苦難。他無法不嚴肅，因為他太溫柔了。他無意倖免於他人的不幸。於是他溫柔地守住他們最後的尊嚴，即使那尊嚴一如哀鳴，他始終沒有別過頭去。

如此卑微卻又聖潔的情意，似乎他們失去原形，他也將跟著失去原形。我感到痛苦，並非由於他描寫了殘酷的現實常態，讓生命的廉價感和悲劇性瞬間降臨，而是他帶著清明的自覺，將自己和他們的命運繫在一起，感受他們，同理他們，憐惜他們。

詩作中「廖人」和「廖人」的一切互動，僅僅關乎「我們」如何對待「我們」，「我們」如何活在「我們」之中，共享冷漠、挫折、傷害、侮辱和卑屈。我們都是共犯，我們都有罪孽，而我們早已預先原諒了我們。因為我們之中仍有他們。他們得為我們犧牲。當我們異化他們，我們就能輕易拒絕他們的苦難，不被他們的苦難威脅。當我們容許他們的苦難存在，我們也就滅絕了他們。

但是，育正拒絕加入我們。

記得第一次見面，育正問我：「喜歡後搖嗎？」沒有多餘的客套，單刀直入地，確認彼此是否相通。後來，他燒了一張音樂合輯給我，裡頭盡是另類的異議之音。其中一張唱片「The Klone Concerts」是中國的聲音藝術家王長存擬仿鋼琴大師 Keith Jarrett 的經典作品「The Koln Concert」，王長存嫁接音樂進行繁複的基因改造工程，以電腦機械元素仿製現場演出，還偽造觀眾掌聲和空間殘響，就像育正的《13》，反叛地拼貼、摹仿、再現了我們充斥著粗暴怪誕文本的經典生活。

跟後搖一樣，反搖滾，反音樂工業——育正的作品那樣孤傲，反抗既成的社會體制，以及這個言說體制對於美的追求、對於抒情傳統的忠誠。他的「廖人之家」系列作品、〈桶中有羹〉、〈去太平間洗澡〉、〈廖人大廈〉等詩篇的遣詞、造句、結構，無一不是美的印痕，內裡卻裝載了醜惡的人世萬象。其他篇章更著魔似地以一種醜惡的形式和內容去回應醜惡本身。

耽美的抒情早已無法擔負他想表達的事物，因為美不能對抗陳腐的一切，美本身也是陳腐的一部分。美使人暈眩深陷於一個情境之中，引發情緒共鳴和情感移入。而如同亞瑟．丹托在《美的濫用》所說的：「**美既不屬於藝術的本質也不能用來界定藝術。**」若我們認同於美，那我們就窄化了美學。若先不論什麼才是藝術和美之間合理的關係，育正無意將世界當成是自我的想像重合，他作品裡不動感情的客觀性，要求極大程度的熱情和自我節制，透過一種挑釁的醜惡美學，避免我們落入純美的綺情幻覺。

醜惡不是目的，而是手段，為了建立一個全新的感知模式去解構共識秩序，育正的言說位置就是一個堅守道德的作戰位置，像他在〈廖人亂動〉寫下的：「**所有可動的部位／向所有方位揮擊**」，他吸收各個飽含權力的意識型態、知識框架、文化符碼和運作模式，然後執行它們、再現它們，單刀直入各種暴力的體制之間展開文化干擾，逼迫我們重新站出一個認識世界的反思角度，質疑各種社會機制的權力運作關係，也對那些看似理所當然的意識形態提出批判。《13》的存在，育正的存在，如同詩集終章〈害廖廖〉那張籠罩螢幕的大臉：

這張大臉任人流穿過，任車流劃過，任視窗流填滿。大臉生出皺紋。生出一些不哭不笑，不喜不悲，不好奇，不意外，什麼也沒有的，連曖昧也稱不上的，隱形的線條。

廖人坐對螢幕，看著反光中的臉。

含納一切，普渡一切。這本詩集的形構，就像神的顯靈。祂無法滌除妖氛，僅能逐一指認那些失魂的生靈，逐一超渡他們。在場，同處混亂，同受苦難，就是著魔的神，最大的能耐。而這也是育正的，溫柔和耿直。

漆黑的命

輕輕閉上眼。眼睫毛疊在一起，很輕很輕地顫動。一片稀薄卻又雄渾的黑暗，輕輕落了下來。黑暗之中，沒有維度，無邊無際。黑暗一點一點吃掉我們的眼睛。吃掉遠近。吃掉美醜。吃掉外面的世界。吃掉外面的自己。我們的身體慢慢成了一只巨大的眼睛。觸碰是看，聽聞是看，想像是看。

存在，變得具體。一點動靜，都落心上。畢飛宇的小說和婁燁改編的電影《推拿》，要我們看一群盲人怎麼看、怎麼推移微渺的心願、怎麼拿起沉重的命運。無邊無際的生命，到底關於距離。只有距離，能夠丈量生命的無邊無際。人們都說，盲人是迷信的，多多少少有點迷信。他們相信命。命是看不見的，盲人也看不見，所以，盲人離命運的距離就格外地近。

電影裡的命運，環環扣動一個人和另一些人。情慾的因果，明朗而封閉，全數都在一間盲人按摩院孕生和鑿落。小說要談的命運不是這樣的。那是無法追究，無法和解的。每一個章節細數一個盲人的身世，段落那麼絕對地斷裂，身世卻又如此蕪雜完整。此時此地他們交會，而總有更龐大更漆黑的東西無法交付給眼前這些人這些事。

電影拍了命運的連，小說寫了命運的斷。一如推拿，兩者都不能使勁。起始和終局的選擇，婁燁相信了命運的突圍，畢飛宇攤露了人與自己、人與世界的厚殼，無法突圍。因為人與人的距離太過遼遠，連觸及都那樣困難。在漆黑裡相擁，她問：「我們是幾個人？」他說：「一個人，我們是一個人。」而這終究，只是丈量了心願稀薄而命運雄渾。

無可遏止的笑

笑出聲。一聲一聲無可遏止，他張手掩藏笑臉，無法抑制笑聲那樣輕率地濺散四處。在非人的時刻、在精神存亡的邊界、在作為一個人的尊嚴被否定的日常，他要怎麼掩藏切身的瀕危感？他的笑那麼痛苦，因為情非得已，因為無可遏止，因為那笑不是真的。但每一次嘔吐般的笑，是那樣真實地反應他的內在正經歷瘋狂的翻攪。非得將那尖刺怪異的存在感，吐出來。一個人與他自身的扮演，非關有沒有那一張小丑的臉或面具，他都在試著找尋一個更對的我。引動層層體制的癱瘓，怎麼會是他的政治算計呢？每一次出手，都是還手。他沒有絕望，即使每一步都踩在生命的底線。只有他控制不了的笑，突破了扮演的層次，從一個對自我更對的追尋，回返他的真實傷痕。看《小丑》的時候一直想起太宰治，想起他在〈斜陽〉寫下：我偽裝成騙子，人人就說我是騙子。我故作冷淡，人人說我是無情的傢伙。然而，當我真的痛苦萬分，不由得呻吟時，人人卻認為我在無病呻吟。

死生之際，恆常有光

河瀨直美始終關注那些精神流亡的個體如何拯救彼此回到生命的核心。《沙羅雙樹》的少女和男孩、《殯之森》喪子的女人和喪妻的老翁、《戀戀銅鑼燒》曾被強制隔離的痲瘋病老婦和曾經入獄服刑的喪母男人，他們介入彼此的生命，相互接引撐持，而導演將他們的故事圍繞著一棵樹——死者存活過的印記——將人世終結的生命化為土地上抽芽繁生的樹木，在人的有限性與自然的無限性之間，構設出一則生命流轉不息的溫柔神話。

如果，哀悼即是追憶，那麼，哀悼過去的時間有多漫長，就有多漫長的時間監禁了活在此刻的自己。在河瀨直美的電影之中，真正的渡化儀式並非藉由宗教、醫療或法律體制隔絕人性的執念，而是透過最敏銳善感的心意去貼近最負疚恐懼的傷痕，虔敬耐心地直面自我的執念。《殯之森》的女人裸身抱住老翁取暖之際不斷說出「我們活著」，像為彼此招魂，引路向生。那句話是一種說服，更甚確信。《戀戀銅鑼燒》的老婦發覺男人承繼了自己從前的悲傷眼神，通過熬豆沙的冗長過程，喚醒他閉鎖的感知與情感，囑咐他「守住自己活下來的意義」，試圖傳承一種對殘缺的信任和寬諒。

然而生命無依，何以承繼？《戀戀銅鑼燒》將銅鑼燒的製作工法，巧妙地隱喻了男人和老婦的生存境況與共生關係。男人擅煎餅皮、選用罐裝豆泥，就像他的外表簡淨得體，可以躲過人群的注視，輕易掩蔽自身內在的空洞無助；老婦不擅煎餅卻掏挖心神面對每一顆紅豆，如同她那扭曲變形的手指，以及曾患疾病的身份，讓她難以躲過人群的注視，難以傳遞內在的良善和純真。他們的生存境遇，反應出社會的暴力漠然，

而當他們互補合作銅鑼燒的餅皮和內餡，結合體面完好的外在與柔軟飽滿的內在，也像他們一起重整了身心的平衡，並反抗了社會原有的暴力漠然。

原著小說的開頭直接呈現男人和老婦在銅鑼燒店面的初次對話，結尾描寫男人來到老婦死去以後種下的櫻花樹旁，悄聲對她說：「**月亮出來了。**」而電影開場捕捉了男人穿越窄縫、獨自面對那分不清是日出還是日落的城市微光；結尾相對於開頭那無力拖行的腳步聲，男人獨自站在櫻花樹下，精神奕奕地叫賣：「銅鑼燒，要不要嚐嚐！」小說和電影比照，顯示了河瀨直美在意個體如何從情感關係得到重生的力量，無意耽溺於片刻的精神共鳴，而是回返日常的行動本身就是那清澄的一道光芒。

而小說的後半部刻劃男人試驗銅鑼燒內餡的熬製作法，強調手藝的傳承，藉此保留老婦存在過的明證；電影則是著重勇氣的傳承，男人找回自己存在的明證。片頭一名小男孩翻看繪本的提問：「為什麼媽媽不在他身邊？」也隱現了電影的追尋母題，並寫就了片中三個主要人物的共同命運。無論母親已逝或者母愛缺席，都是生命的深刻失落，也是河瀨直美創造的神話核心：死生之際，恆常有光。無依無靠的個體相知相惜，發展出超越親疏的愛，因而無畏回到自我承擔的獨立性之中，重構母親的原型，就像羅蘭．巴特在喪母之後寫下的《哀悼日記》：**從今以後，直到永遠，我是我自己的母親。**

失去什麼，才能身而為人？

岩井俊二刻劃的純情有張卑劣的臉，它的索討盡是它無度的獻身——藤井樹的借書卡、渡邊博子寄給死者的信、夏薺的池畔賭注、花撒下的謊、愛麗絲的紅心 A、真白的隱形戒指、烏瑪索的中國面具⋯⋯。那卑劣是假面，底下燒著純情的烈焰。烈焰盲目、不懂算計、毫無保留，若沒有一層世故的假面，純情就瞬間燒光一切，連它自己也不放過。

純情仰賴偽裝，所愛才能全身而退。

然而，所愛為何？岩井俊二渴望守護的，究竟是什麼？早期《升空的煙花，是從下面看，還是從側面看？》、《愛的捆綁》和《情書》觸探男女在關係之中怎麼回到心的內側，找出對視的鏡子。而《夢旅人》和《燕尾蝶》描繪社會邊緣、掙扎蠕動的旺盛生機。岩井俊二在小說《燕尾蝶》序文說：「**如果把來自歐美的文化囫圇吞棗，我們將會愈來愈沒有精神。我發現當時的日本人非常沒有精神，簡直像住在醫院裡。在那個氛圍下，我寫了《夢旅人》這個從醫院逃跑的故事，以及將亞洲的精神具體成形的《燕尾蝶》。**」

若將《夢旅人》和《燕尾蝶》的躁動、失速、荒蕪和暴烈視為一種反抗現實的烏托邦寓言，接下來的作品則是岩井俊二鑽進現實、近距特寫的迷幻寫真。他在電影《青春電幻物語》的原著小說《關於莉莉周的一切》寫道：「**電視、收音機、雜誌、報紙⋯⋯這些世界，不管我們走到哪裡，或許都與我們無直接關係。然而我們卻沉迷這些事物，漸漸地無法好好地和自己的世界相處了。**」

人要倖存，仰賴現實霸凌的虛幻感，以及虛擬網路的真實感嗎？岩井俊二繼續辯證虛實交織的現代生活：杜撰記憶的《花與愛麗絲》、租借親

友和代購關係的《被遺忘的新娘》，他捕捉人怎麼在當代的破碎日常中透過各種虛構來守護內心的整全感，人與他人又怎麼在謊言裡構築真實的依靠和連結。於是，「純情」並非岩井俊二的小說和電影母題，那僅是扭曲壓抑的生存境況底下殘存的微弱鼻息。近年他凝視的，是人在病態環境中的異變，而他持續想像的，是人突破限制去形成新的共同體、創造新的故鄉。

病態，已然不是一種近未來的詛咒。核災，落在日本國土，也長年籠罩岩井俊二的意識原鄉。《庭守之犬》鋒利而哀傷地描寫核災逐漸滅絕生命的存續，傷殘的人們在輻射汙染嚴重的傷殘土地上狼狽不堪地，爭一口氣。「**光想像都覺得詭異，卻是可能出現的未來。**」小說序章的這一句話，從岩井俊二的童年開始冒芽。小學的時候，岩井俊二參觀位於日本東海村的核能重鎮。1999 年，東海村核燃料處理廠的三名員工不慎將超過規定值七倍的鈾倒進槽內，促成核分裂的臨界狀態，射出閃亮藍白光芒，爆出巨響，大量外洩核輻射，導致六百多人遭到毒害，員工看著自己的身體腐爛成一具活屍。

東海村的核事故，是 2011 年福島核災之前日本最嚴重的一次核災。《庭守之犬》主角烏瑪索的降生之地「阿爾米亞古都」倒過來的拼音就近於「東海村」。這本小說 2012 年在日本出版，看似延伸福島的意外事件，其實早在 2000 年岩井俊二與台灣導演楊德昌、香港導演關錦鵬合作「Y2K 電影計劃」，相約各自拍攝一部「講述亞洲應對 21 世紀到來的電影」時，他就開始籌備以核污染作為背景的電影《庭守之犬》。後來，拍攝難度過大，岩井俊二改以《青春電幻物語》回應楊德昌的《一一》和關錦鵬的《有時跳舞》。

「我一直沒有停筆，直到 311 日本大地震，我覺得社會上存在的問題我早就發現了，但是一直沒有指出來……」岩井俊二沉痛地說，震央位於他的故鄉仙台，當時在紐約的他透過電視看見海嘯摧毀一切，岸上殘留很多遺體。地震隔天，福島核電廠爆炸，輻射通過空氣、地層和海流影響了整個日本。岩井俊二隨即回到傷殘的日本，擎起攝影機，以《311

後的朋友們》紀錄核能困境和求生之路。他在受訪時表示：「就算一座城被毀滅，也能照樣再啟動核電廠；就算一個學生自殺了，也能照樣放暑假。什麼時候開始，這個國家已經變成一個『只不過是生命』的國家了？」

直視「只不過是生命」的病態現實，直視這份荒謬和輕賤，岩井俊二的小說和電影以「整全感的失落」作為起點，深究一個人失去什麼，才能身而為人？面對現世的各種災難侵襲，生命不再是一點一點積累成形，而是一點一點剝除和捨棄，幾乎失去了全部，最後留下純粹的東西，誓死守護。就像《庭守之犬》的生命群像，失去臟器、失去生殖能力、失去道德感和自我認同、失去賴活的最後一點意願……，最後，還留下什麼，能夠稱之為人？

烏瑪索的性器轉變過程，如同「成為一個人」的蹣跚之旅：原本，「垂在那裡的，就像小老鼠一樣又小又軟的東西」，經過手術接上豬的陰莖，「膨大勃起，烏瑪索全身充滿前所未有的快感。只可惜，射出的精液依然稀薄如水。說到底，那陰莖也只是隻紙老虎。」雄壯的男性象徵，並沒有為他帶來真正的愛情。後來，他因挑釁一群孩子而遭到圍毆，「醫生在烏瑪索陰莖裡找到生鏽的鐵釘。陰莖遭切除。只剩下一顆睪丸。……雙腿之間像是開了一個圓圓的洞。實際上那個洞並沒有這麼大，只是剛好和旁邊的陰毛融合，看起來就成了一個大洞。簡直就像黑洞。」

為了回應黑洞傳來的聲響，烏瑪索去找淪為妓女的舊愛雷班娜。為了回應自己的尊嚴，他戴上一副中國面具，體驗了前所未有的高潮。過了一陣子，雷班娜來到客人指定的旅館。「房間裡沒有半個人。看到放在床邊的中國面具，雷班娜差點笑出來。……雷班娜想把面具放回原位，拿起來時，裡面有什麼白色的東西紛紛飄落地上。是鈔票，張數還不少。她知道是誰做的，但也不知道那是誰。」不久，一對夫妻找上門來，烏瑪索付出造假的代價：「切除唯一剩下的那顆睪丸。他失去性別，只能單純定義為人類。」而後，烏瑪索與坐在輪椅上的艾莉亞姆重逢，「兩人做愛。盡他們所能，用只有他們能用的方式。」

岩井俊二的小說和電影令我們醉心和疼痛之處，原來並非純情，而是為了掩飾純情而生的那一層彆扭、偏執、荒謬、故作姿態。隔開一層，才能守護所愛。甚至，退無可退地喪盡一切，才能觸及愛、觸及生命的邊。忘了「人」的意涵，才忽然佔有了人的份量。就像小說描寫「少年朝草叢舉槍，夕陽將他帽子和臉頰上的細毛照成金色，使他看起來神聖地彷彿從天而降。烏瑪索不由得看呆了，直到乾硬的槍聲竄過草原。瞬間，烏瑪索產生魂飛魄散的錯覺。不，或許該說他產生了這個心願。」

美令人忘我，從社會與生理的體制中脫困，回到感覺復甦的詩情狀態；烏瑪索進入城市的禁區，也踏進人性的禁區：「少年回過頭，下一瞬間，烏瑪索感到戰慄。在一股沒來由的恐懼襲擊下，烏瑪索朝少年所在之處走去。那裡有個巨大洞穴，少年正朝洞底窺看。……烏瑪索忽然揪住少年。少年驚訝地轉過頭，那張臉好美。這麼美的東西，真想破壞掉。烏瑪索抱住少年，扛起來，然後丟下。丟進那黑暗洞穴中。少年身影看似以非常緩慢的速度落下，過了好久仍未抵達底端。……陰暗的洞底，只看得見白色襯衫。」

烏瑪索的行徑，是在核災迫害的無望生存氛圍底下，逼現的人性。岩井俊二毫不遲疑地，將人性對美的佔有與破壞的潛在欲望，推到善惡的邊界之外，這或許也是他以烏瑪索的名字影射「太宰治」的原因吧。整部小說出現兩次「黑洞」，一處是烏瑪索失去陽具的兩腿之間，另一處是烏瑪索令少年葬身的洞穴。乍看，都關於生命的喪失，卻更近於生命的復返。閹割的性器和洞底的純白襯衫，像是一尊法力無邊的神明，必須永遠埋藏，埋藏它的創造力與破壞力，人才得以憑藉心底的聲音，接掌自己的命運。

別於太宰治，自殺多次的烏瑪索最後爬出虛無的深淵，跛足前行。一輩子看守別人的庭院、看守屍橫遍地的廢棄核電廠，這一次，烏瑪索不再背對自己守護的事物，不再只是一個單純的裝置，他將奮力守住的，是他和另外兩個人一起生的孩子。從前，漠然看守一個死寂的世界並不困難，此刻，接住一個新生的世界逼迫他真正睜開雙眼：「助產士抱著嬰

兒，剛出生的小身體用盡全力啼哭。……烏瑪索怯懦地站在門邊，像個鬧彆扭的孩子，從遠處觀看。」

心有所愛，才會怯懦，也才敢於想像和創造。被動的奴僕，在失去一切之後也超越了身心的限制，不再為別人守門，而是守住自己的人生，創造愛的可能。岩井俊二曾說：「國家是有邊境的，但故鄉沒有邊境；……在遙遠的未來，如果每個人可以重新思考國家的概念，甚至可以把國家取消，每個人都可以尊重彼此的差異，找到一個方式相處，那未必不是一件美好的事。」純情，就是留住人與人之間的純粹關係。從《燕尾蝶》、《庭守之犬》到《被遺忘的新娘》，岩井俊二守望一群失根的人，為他們建立一個跨過國界、超越血緣、情感緊緊相繫的家族。即使沒有一處可以安身立命，但是，不放棄去愛的生命聚在一起，新的故鄉就在他們的腳下成形。

風的過境

她出現的時候，風很響。她的身體歪斜，聲線飄忽，很用力很用力，才將自己聚攏，御風而行。想起她在詩裡說過，喜歡一個人去河床，看風裡一一龜裂的事物，或者，一一還原的事物。沒有水，就不必想像它的源頭。她喜歡把腳伸進河床的裂縫，讓淤泥埋著，久久拔不出來，彷彿落地生根。

她的直和她的倔，幾乎是過度用力擺正自己而形成的另一種歪斜和飄忽。

拐動身體走過麥田，風很響——紀錄片《搖搖晃晃的人間》起始的鏡頭，抓住了余秀華的詩歌特質：直白現身的，不過是懺情露骨的語調，那轟然翕動而不可視見的風，才真正裹藏了她的明澈洞察。譬如〈此刻，月光灑在中年的庭院〉這樣開頭：

一個人進屋，關門，用手擋住庭院的月光
停滯的事物已經夠人受的了，還有更多的正在停下來

首句連續的三個動作是在時間的順流底下阻斷一個又一個空間，打出手勢來拒絕光線的籠罩。這人無意閉上雙眼避免現實的侵入，而是堅守一個自囚的微細空間，處於被動迎擊的主動狀態。當現實的空間越縮越小，他的決心所拓展的空間卻越來越大。

第一句勾勒出來的具體形象來到第二句，忽然將外部現象內在化，從動作的摹寫轉向心緒的抒發，而語意上「**停滯的事物**」若指灑落在中年的庭院那無可抗拒的月光般的存在，那麼，「**正在停下來**」的似乎是力抗那無可抗拒的動作本身，自己成了自己的敵。

她實實在在寫出來的，是一孔洞，為了聚風，為了刷出聲來。詩中那些留白、那些停頓和斷裂之處，以及一句接著一句層疊翻轉的虛實明暗，不動聲色地把簡淨的詞語變濁，在含渾中剝開了幽深的層次。

光是開頭的兩個句子，就已意義繁生，透過動靜的對峙和佈局的起伏形成一股張力。這力持續向前，她寫「一個人就是一片荒原」，偶爾有房客，有雷聲，有春暖花開，即使凋謝的速度比綻開的決心快多了，這人還要「再試探著重新長出草，覆蓋流逝的水土和地面深處的岩漿」。即使這是中年，如今，他該有的都有了，只是「風不時地吹來，沒有誰看到他的慌張」。

慌張什麼？停滯的事物已經夠人受的了，還有更多的正在停下來，而他仍要生出力量，孕育新的綻開和新的凋謝，不被中年所困。那慌張是在對抗無望、對抗大於自身的力量。風不時地吹來，擊打他的荒原，也提醒他還有這樣未曾停下來的事物，值得他近身搏鬥。

荒原一樣的強韌存在，或許就是余秀華的自畫像。彎曲而無法折斷。匍匐行進而絕不傾覆。她和她的故鄉橫店在紀錄片的交錯剪接之中，也成了彼此的鏡子。她和那片農田，有布穀、高粱和白日夢，還有冰雪、泥石流和荒謬。導演貼著余秀華和故土、母親、丈夫、詩壇和讀者所開展出來的各種關係去拍她和現實如何圍困對方，相互索求。

甘犯不孝不義之名，堅持離婚，或是有人將她媲美艾蜜莉・狄金森，她義憤地說：「狄金森獨一無二，我余秀華也是獨一無二的。」她拒絕依附，追尋自由和獨立，無論那自由和獨立的追尋如何狼狽且不被理解和祝福，像她在〈一張廢紙〉寫的：「你關心什麼呢？他緊追不捨地問／她低頭，看見了紙簍裡的一張廢紙，畫了幾筆色／塗了幾個字／皺皺巴巴的。彷彿它從來沒有／白過」。

她喜歡被詩句圍困，再嘔心瀝血找一條出路。如同風的過境，穿鑿萬物

而行。問她，詩歌是什麼呢？她說：「我不知道，也說不出來，不過是情緒在跳躍，或沉潛。不過是當心靈發出呼喚的時候，它以赤子的姿勢到來，不過是一個人搖搖晃晃地在搖搖晃晃的人間走動的時候，它充當了一根拐杖。」面對無法修改的現實，她亦展現了無法修改的搏鬥意志和突圍行動，那是她和她的詩留給這個世界，最美的人形，即使她名之為〈浮塵〉：

溺水之人身負重石。她不停地吹起氣泡
讓光在裡面彎曲，再破碎，消逝
——這從來不被修改的過程
她只有不停地吹，掏心掏肺地吹
把命運透支了吹
——這也是一個無法修改的過程
可是，原諒她吧
她把遠方拉進身體，依然有無法穿過的恐懼

瞬間傾注了一輩子的愛情

在晃動的列車上讀《智惠子抄》，一下就震出淚來。頻頻闔起書頁，打直脊柱，暗聲告訴自己：「無法全身而退了，就撐過去，好好讀完他們的一輩子。」還能怎樣面對真摯的赤情，除了將現實斷開，任那赤情包覆穿透，令整個人變得透亮，不再需索更多，情願留在此時此地？每一次讀到深刻的詩，就再一次記起自己能輕易忘形，僅僅追隨他們的視線，吞吐他們的嘆息，依附他們拔地而起的死生愛戀。

《智惠子抄》是詩人雕刻家高村光太郎為愛妻所寫的情詩，從熱戀、貧困的婚後日常、豐盈的相處細節，直到他面對智惠子的精神分裂、臨終到死後的激越懷想。初讀，我為了智惠子的精神風骨而動情：當憲兵逮捕並絞死無政府主義者及其妻子和六歲外甥，智惠子在雜誌上抨擊:「所謂的暴力便是怯懦的變種。」心繫自然的智惠子住在東京，毫不厭煩地對著住家周遭的雜草寫生，以植物學的角度研究這些雜草，在窗上種植百合、番茄，生吃蔬菜，沉迷於貝多芬第六號交響曲。

熱愛油畫的智惠子對於色彩運用非常苦惱，時常獨自在畫架前流淚。她服藥自殺的那個夜晚，將剛買來的水果籃擺設成靜物畫的樣子，還在畫架上放了全新的畫布。當智惠子入院治療，一早起來就不斷剪紙。如果護士送餐時，智惠子不拿紙張將餐點內容剪貼成畫，絕不會拿起筷子。因而她總是很晚吃飯，造成護士的困擾。光太郎說，智惠子的純真非常激烈，只要一想不開，便會毫不後悔地放棄其他一切。

我被光太郎和智惠子的赤情所打動，那閱讀時的忘形狀態就像光太郎在詩中展現了愛的親密無間：「你來找我／——不畫畫、不讀書、也不工作／然後兩天過去、三天過去／開顏、調情、蹦跳、又擁抱／徹底縮短時間／將幾天用盡於瞬間……這並非玩耍／不是打發時間／是洋溢著你

我之間毫無隔閡的生命……拋棄書籍的剎那與／打開書籍的剎那之我／皆有同一個質量」；「每當想念你的時候／我最能感到永恆」；「隱藏語言的混沌而真實的世界／立即在我們身上現出它的原形」；智惠子死後，光太郎寫下：「智惠子住在我的肉裡。／智惠子貼緊我，／在我細胞上燃燒磷火，／與我玩耍，／打我，／不讓我昏庸老朽。」

後來，再讀一遍，我發覺刺骨入心的，並非炙熱浪漫而黏稠的那份赤情，而是光太郎為智惠子、為這個現世賦形的簡淨筆觸和疏離視角。即使倆人同樣敏銳善感，但光太郎能平靜地賞看外部環境的流轉、識清世事的運作法則，「不要驚訝於他們蛤蟆似的醜臉／不如在他們臉上尋找怪奇之美吧」。他看煤煙與油膩的停車場，在月下與悶熱的煙靄中「看似收藏偉大美術的寶庫」；當智惠子說東京沒有天空，光太郎「驚訝地仰望天空。／展現於櫻花新葉上的就是，／割也割不斷的／熟悉而美麗的天空。／陰沉沉的地上朦朧是／淺桃色的早晨濕氣。」

光太郎看待各種風景和際遇，一向不是看到限制，因而不會受挫與絕望。他在〈恐懼〉一詩的開頭疾呼：「不行、不行，不准碰觸沉寂的水。」不該將夢放回現實，不該將永恆歸於剎那：「不應該將這麼危險的事物／扔進這清澈的水裡」。他疏離的眼光是他接受苦樂的潔淨心地，不排拒現實的美，也不排拒現實的殘酷，〈人生遠視〉短短五行，他瞄準了生命贈予的荒謬命運：「鳥兒從腳邊飛上去／自己的妻子發瘋了／自己的衣服破碎了／標尺距離三千公尺／啊　這支步槍太長了」。面對智惠子的瘋癲，面對自身的痛楚，光太郎也能純粹無邪地逼視，哀而不傷：

吱，吱，吱——
白鴴吵著要她手上貝殼
智惠子把它沙沙地扔丟
結群飛翔的白鴴呼喚智惠子。
吱，吱，吱，吱，吱——
望著索性拋開塵世，
已前往天然世界去的

智惠子孤零零的背影。
離此遠兩百公尺的防風林夕陽中
我在松樹花粉間　佇立不動。

那「佇立不動」是光太郎瞬間傾注了一輩子的愛情，是他凝視和尊重另一個世界的道德姿態，也是他作為一個創作者的藝術責任：深知自己的正當性就是草木擁有的正當性，非得不動聲色地捲收人類情感生活的脈動，相應給予那自然一種造形的意識。就像〈暴風雪夜的獨白〉他說：「只要擁有慾望，／就難以完成真正的創作。／稱為美術的創作深處／需要這種無情。……從嚴厲的無情內側／若有似無地滲出來的味道／就是叫作神韻的東西吧。」唯有冷然無情地持續去看，才能為深邃的情感拓開足夠遼遠的透視焦距，收容那劇烈變動的一切在遠處緩緩相契，契成一個穩靜的整體，而後，覆滅時空。

匿跡

艾莉絲・孟若坐在那裡，頸窩向內凹陷，深黑地趨近一塊肉被挖鑿，留下無盡的空缺。她坐在那裡，她自己的廚房，你看照片的第一眼就能知道她坐在她自己的廚房。因為她毫不突兀地鑲入其中，一點也沒有彰顯自己的意圖。怎麼能夠意識到鏡頭，且又將之棄絕於意識之外？她在照片裡的諧和存在，就像她小說中的母題——關於純真的邪惡如何一再發生？人怎麼面對至親的否定還能活下去？如何翻轉情感世界的權力關係？怎麼透過虛構的謊來脫離現實的險境？人流動的過往蘊藏了什麼漆黑的心願和罪咎？人如何在扭曲的情境下扭曲另一個人？怎麼在歷經暴力之後恢復內在空間的自由？人在悲苦的生存境遇中如何感應他人也如崖上林木，呼嘯悲苦？——這些母題從來不顯耀，而是平凡滑順地織在那些文句間，恰如其分地堅守暢快和穩重，沒有瞬間力透紙背的戲劇性光芒。那暢快和穩重是為了敘事的需求，於是母題成為隱伏的密語，脫口之際並非揭示自身而是確立一種缺席的在場。母題一直都在，只是變換形跡於事物之中的事物，尋常的深處。深處不可見，且因尋常變得更難聚攏目光。她不要你看她，不要你看它。她和母題一起瓦解自我的力量，僅僅捱近所有事物，無縫地滲入事物的邊，融成平凡滑順的一個整體。幾乎要你忘記這個渾然天成的整體，其實是由一個字一個字構建起來的。每一個字，都指向一個明確的意識。但小說裡沒有一個字、一個意象、一個段落，甚或母題，多施一分力。它們平穩諧和，朝向同一個方向蓄積能量。總在最後，最後一個字吸光你的氣力，你根本無法察覺哪一處有了空缺，那能量鑽出來，一如無色無形的毒氣，緩慢而劇烈地侵入你的體內。孟若的毒，不是一瞬激烈地迸散，而是徐緩輕柔地令你全身癱瘓。

急流在林木中

他朝我走來。過了。一旁的人驚嘆：「是楊牧哪！」那時，我還太小，根本不識楊牧。一旁的人後來回到鼓山，為我寄來《山風海雨》，那是她翻爛了的一冊書，附了字條寫著：創作，不能不識楊牧。

隔年，我上了大學中文系。早早斷了通信，不知道在東華文藝營結識的她，後來如願考上東華了嗎？青春的情感猛暴，牽起的手，隨便就甩開了。因為那情感並非航向他者，而是仰賴那人的映照、慈悲的對壘，將我盲目挖鑿自我的烈火，燒得更烈。大二那年，在阿翁的現代詩課堂上讀到楊牧的詩。當時，我還是太小了。

太小，讀不懂楊牧。或是，他博學開闊的視野、繁麗層疊的意象、緜長一氣的音樂感，別於我的青春的腐朽和斷裂。二十年過去，我讀遍他的每一首詩，朝他走去。然而，急流在林木中，深不可見。

他一手翻動的意象汩汩湧流，滋養千百棵新苗一瞬霍霍破土，飽滿顫動一整座山巒和谷壑。那賁張的是他呢，還是宇宙之欲？只見意象成林，他造出實實可觸的一層曲綣凶猛的綠，而群樹勃發，遮掩了急流——急流是天真的眉目、是詩轉透明為秘密全部、是超前湧出或墜落之勢於剎那完成的形狀——他帶我怦然來到叢生的密林，要我靜靜諦聽，深不可見的急流。

急流，呼之欲出，止於他抽筆留下的空白，而那玄妙的情思和無盡的詩意不因觸及紙張的邊界而停止。二十年，是我朝他走去的距離，那也幾乎是我深愛的兩首詩落筆完成的間隔。〈崖上〉描寫一對愛人在危崖上想像一輩子平穩相守。遠方的生命不斷「**穿過**」文明，壯烈成形，而「**我們只想到，如何靜靜地蒼老**」。

這對愛人索求的，並非偉大的征途。他們不是創造神話的生命，而是走入生命的神話。此生廝守的夢一如「**水泉滴落，穿過環環的岩石**」，盼望靜謐而柔軟地穿過堅硬的現實。反覆出現「**那伐木的聲音**」，將鑿穿他們在崖上的一方安穩嗎？我想，正因純粹的愛戀不忘現實的進逼，他們的承諾才有了份量。相依是艱難的，純然地信任和獻身就像整首詩以「**然後**」起頭、以刪節號「……」作結，無始未盡的誓約，是磊落的崖也是深不可見的急流。

而〈急流〉裡那不再張揚、不再許諾「擁抱、生火、狩獵、沐浴、蒼老」的日常生活，仍舊充滿激越的情感：「**我從水邊回頭張望，透過短短的／蘆葦，你坐在小木屋的窗前：／我想這是宇宙的拂曉／星星陸續隱退／將廣闊的寂寥／交還給歲月——**」、「**有時沉默地對看，搜索／彼此的眼神：我的懈怠如何／能燃燒你的好奇以取暖？**」那激越而幽閉強抑的糾結，一如急流的重重心事。但不要緊，這對愛人恬靜地相伴，溫柔地相守，已經尋不到也無須再尋覓前來的足印了。

急流是他的情深義重，非得再造一個龐然的敍事系統，來安放外界納入內心、內心投向外界這所有經驗的神祕應答，像是他的情意連結了急流、另一個年代的秋天、堤上嘶喊的昆蟲、比意念更深的苔癬、如酒的爐火顏色、歌人散開的髮辮……，那持續生長的一組組隱喻，是他無盡地航向他者，決意不跟整體分開，忘我地起造了一種所有生命相互孕育、誘發的永恆狀態，而他隱身其中，安於冗雜和孤獨。他站在升沉的甲板上張望，便於未來的時間向他張望，通過風雨看他，收容他，憐憫他倉惶的神色。

野詩的詩意

班頓是馬來群島的民間詩歌，任一首詩，誰都可以隨手挖掉幾個字，再補上幾個字。甚至，僅僅留住一個搖晃心地的詞，其餘重寫。不過，重寫也得遵循嚴格的限制：四行為主，隔行最後一個字押尾韻。提筆的人得遷就押韻再回頭斟酌選字，意外地破除了「我」的有限而受寫作條件的誘導和啟發而翻出新的意識。

在馬尼尼為翻譯的班頓詩選《以前巴冷刀．現在廢鐵爛》中，她的版畫如虎添翼。刻刀的線條轉折無法圓滑，留下許多犄角與古怪的收筆，就像口語的班頓野詩處處展露力的勢頭和頓挫，充滿野性的況味。每一首詩仰賴尾端兩句的情思反撲前頭兩句的具體物象，令白描的景物內裡萌生躍動的心。例如「燕子飛呀跌了下來，／掉到海裡鯊魚吞了。」描寫燕鳥的落難，「跌」和「吞」似是喪失自由與可能性，後兩句「誰說我不喜歡呢？／若花兒想被裹緊！」一現身，立刻顯露這落難、這喪失自由與可能性即是「我」自由做出的終極選擇：就像花兒被裹緊、燕子被鯊魚吞，「我」也想臣服於另一人的懷擁和吞噬，甘願失去自我來融進對方。

取消主體性是他們展現主體性的方式，就像「一千隻鴿子成群飛，／一隻停在院子中央。／要死在你指甲末梢，／才能以你掌心為墓。」或「花瓣放在碗裡，／花朵在箱子裡。／沒和君見面前，／死一樣的活著。」這種結構的詩也大量出現在這本馬來班頓詩選之中。起頭兩句表述一個客觀事態，末端兩句所示的觀點和情感意向，回頭賦予物象和事實一主觀的意涵，連續四行詩句於是形成一座靈動的寺廟，而法力無邊的神明呼之欲出——

呼之欲出而確然不破的迂迴邏輯，就是這些野詩的詩意所在。每一詩作並置毫不相關的畫面，語言本身和敍事的懸缺斷裂形成雙重的抽象性，斷句一如電影的鏡頭剪接，鋪排一種飽含意義的序列關係。一塊斷片指向每一塊斷片，局部用以隱喻全部，句法結構串起了每一塊斷片，直到結尾的寓意竄出，瞬間打亮了整個文本，將所有隱伏的曖昧、難以明說的純情、強烈窒息的愛慾和執念，全部照亮，一如照亮漆黑內裡纏結的臟腑，我們才恍悟了神明的造形。生命的深度，早已浮現於凡常的視象之中。

我剛好在這裡

他們兩人都相信
是一股突發的熱情讓他倆交會。
這樣的篤定是美麗的，
但變化無常更是美麗。

門窗沒被開啟。被子沒被掀開。地板沒被踏響。椅子沒被坐穩。一切還在沉睡，突發的靈感就闖入辛波絲卡的腦海。

一翻開《辛波絲卡．拼貼人生》，我們就撞見靈感和辛波絲卡的交會。甚至，可以說是親密而激烈的交鋒。詩人要靈感留下來，「**你必須多告訴我一點關於你的事。**」聽了，真有意思，詩人說。但是要將這靈感寫成一首詩，詩人抱怨：「**不，別鬧了。**」她篤定的語氣，就像她的手推開窗扇，迎面撲來的刺白光線。

詩人的直白，如此尖銳。容不下一點陰影。

然而，詩人的靈感也是執拗的，它沒放棄爭辯，惹得詩人求饒：「**別折磨我了，別再要求，因為這是沒用的。**」詩人一邊穿上洋裝，一邊警告靈感，即使把它寫下來，也是「**撕碎，丟進垃圾桶。**」詩人穿上鞋，像把靈感一腳踢開。靈感嘆了一口氣，消失了。

為辛波絲卡作傳的這本圖像小說以「詩人和靈感的爭鬥」作為故事的開頭，鮮活地捕捉住創作者日常靜默的行止下，內在暗潮洶湧的自我對峙。這個精巧的起頭，也展現了義大利藝術家愛麗絲．米蘭尼的創作意圖：比起外在視象的具體描摹，她更想逼現人心的空間和動態，在事件序列構成的傳記體式中突圍，去凝視一段不受時間拘禁的存在片刻。

緣分將他們推近，驅離，
憋住笑聲
阻擋他們的去路，
然後閃到一邊。

愛麗絲．米蘭尼的構圖、敘事和剪接邏輯——她要我們的目光停留在何處？要我們為了什麼而動情，下一秒再將它驅離？——就像開展和阻擋去路的「緣分」，決定了辛波絲卡在我們心上成形的方式。精確地說，我們看見的其實是愛麗絲．米蘭尼心上的辛波絲卡。

她心上的辛波絲卡，緩慢地周旋於輕盈的日常，隨即「啪」一聲，陷入重大的生命轉折，就像開場的辛波絲卡一腳踢開靈感，一腳就跨進「文學之家」的新婚之日；丈夫亞當想將自己的報社工作讓位給伏在書桌上的辛波絲卡，下一頁，伏在書桌上的辛波絲卡說：「我和亞當離婚了。」；深夜，辛波絲卡和伴侶一邊玩牌一邊嘻笑閒談，她提及：「宇宙運作的法則和詩人的創作無關。但是當然，要努力嘗試……我覺得，我拯救了世界的一個小碎片。」下一頁，辛波絲卡站在丈夫的墓地，無法拯救他們的死別。

每個開始
畢竟都只是續篇，
而充滿情節的書本
總是從一半開始看起。

變化無常的戲劇性重音乍然響起，瞬間為此前的平淡日常注入飽滿流動的情意。一段際遇的開始，畢竟只是上一段故事的續篇，而每個續篇也將轉出新的情節。我最難忘的，是「沒有背負任何記憶的重擔，輕易地漂浮在事實之上」的雲飄來，帶來了辛波絲卡的愛人，而「從西方向此移動」的另一片雲飄來，帶走了辛波絲卡的愛人。愛麗絲．米蘭尼的敘事美學，出色地相應於辛波絲卡的詩作風格：透過簡單平實的微小經驗，

鋪排出現代人類生活的豐饒、貧瘠、荒謬和苦難。

《辛波絲卡．拼貼人生》的義大利書名「Si dà il caso che io sia qui」原意是「我剛好在這裡」，這是辛波絲卡的謙詞。無論她洞悉了多少事理、拯救了多少碎片，她笑笑地說，沒什麼，我剛好在這裡。一如她 1996 年獲得諾貝爾文學獎的得獎辭：「詩人——真正的詩人——必須不斷地說『我不知道』。每一首詩都可視為回應這句話所做的努力，但是他在紙頁上才剛寫下最後一個句點，便開始猶豫……」。

辛波絲卡沒有一刻不細察存在的變化軌跡，也沒有一刻不戒慎自身的命名位置，愛麗絲．米蘭尼運用渙動的線條筆法和簡繁錯落的上色配置，契合辛波絲卡還在成形、不斷地說「我不知道」、不願輕易落定的存在狀態，於是，當這本圖像小說的結尾要我們的目光從辛波絲卡的臉容移向深夜發光的殿堂，默念她的詩句：「**我向時間致歉，原諒我在分秒中忽略廣大的世界。我向舊愛致歉，因為我把新的愛情當作初戀。遠方的戰爭，原諒我帶花回家。……**」瞬間，辛波絲卡的樣子變得清晰，我們第一次感受到黑暗中的晃動和鼻息那樣地感受到了她。

---

* 貫穿這一篇文章的詩作來自辛波絲卡〈一見鍾情〉

飛在空中的那種東西

如果你在語句停歇的地方醒來，那是因為你不止死過一次。

他們在來回拋擲的對話中長出血肉——西摩、艾洛絲、富蘭克林、萊諾、X、泰迪——當我們就要細細觸摸他們的手心，把祝福放在裡邊，對話忽然斷裂，他們掉落，我們醒來，懂得世界徒手熄滅的，正是愛與純真。

> 「事情是這樣的，西貝爾。我坐在那裡，彈琴，到處都沒妳的蹤影。後來雪倫．利普舒茲自己跑了過來，坐到我隔壁。我總不能把她推下去吧，對不對？」
> 「你可以。」
> 「喔，不，我不能那樣做。」年輕男子說：「不過我可以告訴妳我做了什麼。」
> 「什麼？」
> 「我假裝她是妳。」
> 西貝爾立刻彎腰，開始挖沙。「我們下水吧。」她說。
>
> ——〈香蕉魚的好日子〉

> 「珊卓……對史內爾太太說……爹地是一個……大懶鬼……猶太佬（kike）。」
> 布布顯然縮了一下身子，她將男孩抱下大腿，讓他在面前站好，然後撥開額頭上的亂髮。「她這樣說啊，嗯？」她說。
> 萊諾點頭點得很用力。他還在哭，湊得更近母親一些，站在她兩腿之間。
> 「呃，那並不算太糟。」布布說，手腳像鉗子那樣緊抱住他。
> 「那還不是最糟的事。」她輕咬男孩的耳朵。

「你知道風箏（kite）是什麼嗎，寶貝？」

萊諾一度不想開口，或無法說話。總之他等到大哭完的抽噎稍微消退後，才對著布布的溫暖頸間說出答案，聲音悶悶的，但聽得出內容。

「是飛在空中的那種東西。」他說：「用一繩子拉著的。」

——〈湖畔小船裡〉

懸止對話，是沙林傑的尖刺與溫柔。如果我們不止死過一次，那我們就能在語句停歇的地方，接住湧流而出的愛和夢想、純真的心靈邏輯，還有，虛構的力量。飛在空中的這些東西，就是沙林傑用小說這一條繩子為我們拉著的。他以直白乾淨的語言打造了一個容器去盛裝那些被現實毀傷之物，冷然地刻劃生活的荒謬和際遇的無情流轉，冷然地描繪人物的對話和動作細節，他的筆法就像他在〈致艾絲美——獻上愛與齷齪〉的描繪：「他們清唱，無樂器伴奏——或者在這情況下更精確的說法是，沒有其他干擾。他們的嗓音悅耳動聽，沒有太多情感渲染。」沙林傑節制情感的暈染，拒絕道德的擴延，冷然就是他的憐憫，僅在語句停歇的懸止之處，留下蒼白的重擊。

親密於是沉重，超越現實因而蒼白。沙林傑不寫雙手拍掌的聲音，而是非常專心地再現孤掌拍擊的聲音——麥田捕手站在精神存亡的邊界，獨自守護純真；九個故事凝視那些孤絕個體的覺醒和挫敗。〈康州甩叔〉的艾洛絲一邊喝酒一邊追憶過往的愛人，彷彿在現實沉醉，才能在夢中醒來。無法直視自己的歪斜，艾洛絲嚴厲扶正女兒的睡姿，逼她睡到床中央，別再為幻想的朋友留下空位。〈與愛斯基摩人交戰前夕〉的十五歲女孩聽到同學的哥哥富蘭克林因為戰爭而錯過的愛戀、因為戰爭而經受的磨難，她將原要丟棄的三明治收進口袋，留住富蘭克林的善意和悲傷，留住一切敗壞的。

〈德．杜米埃—史密斯的藍色時期〉的十九歲男孩在喪母後開闢了一條謊言與激情鋪設的道路。他戴上假面，不被世界觸碰，也碰觸不到世界，

直到他看見街道櫥窗內為假人更換新束帶的女子滑倒，他伸手想要扶她，手指卻撞上玻璃。接下來的神祕體驗，令他選擇重返真實的人生處境，扶起自己衰頽的黑暗。沙林傑小說人物的孤絕並不來自於他們對現實的反叛，他們只是從沒放棄繼承自己的童年，還牢牢擁護純真與愛，不輕易向現實低頭。

香蕉魚之於西摩，像是橘子皮之於泰迪，他們清楚知道自己的崩落，無畏去看那崩落的軌跡。純真的目光，能單刀直入去看一切事物，令自己的整個存在凝聚於每一個此時此地，無意抓住世界，也不會失去世界，赤裸裸地站在真實面前。像 X 無畏思索「**地獄是什麼？**」，無畏相信地獄就是無能去愛。像笑面人在最後一刻拔掉面具，臉朝向染血的地面。當我們讀到德·杜米埃—史密斯「**決定給艾瑪修女走向自身命運的自由**」，我們知道沙林傑也從不干擾他的小說人物走向自身的命運，他戮力揭示的並非自由，而是無一生命不是修女。他寫生命的限制，寫生命難以抵賴的順從和變形。純真無法突圍，僅是記起自己是誰、記起活著的感覺，承受這樣的危險。

拯救景框之外的真實

他從黑暗中浮現之前，我們已然聽見一座戲台搭建的聲響：工作人員逐一確認現場的收音、攝影機就位，場記打板的響亮拍擊如一鞭炮，恭迎戈巴契夫的現身。

荷索的紀錄片《戈巴契夫，幸會》在一層層景框的建構之後，令我們不得不意識到眼前的戈巴契夫是被刻意置放在一個擁有話語權的演說位置。他說的每一個字將投向龐大的集體目光和歷史審判，他不得不進駐一個形塑自我的戲劇角色，即使他面對鏡頭的第一句話是：「我小時候一定會被打板聲嚇到，現在不會了。」他以幽默擊退了現場的肅穆感，還輕巧地引出一些潛在的話題方向：炸彈隆隆聲下的童年是什麼？戰爭如何影響了他？他如何闖進槍林彈雨的政治帝國，終結美蘇冷戰？在他的統治底下，那個疆域橫跨十一個時區和半個地球的蘇聯強國解體了，他面對鏡頭評述自己的功過，是身經百戰，還是習慣了千瘡百孔？

在戈巴契夫說出那緩解了拍攝現場氣氛的第一句話之後，荷索即刻以自己的德國人身份衝撞戈巴契夫的敵我情結，企圖點燃戲劇性的炮火。當然，荷索並無惡意，他最大的善意往往來自直搗靈魂最深邃的隱密之處。他的第一個提問是將他和戈巴契夫的這一場對話框架定為「有歷史的人」的雙向交鋒，且將伴隨回憶和反省的幽靈。他們的對話關係就像我們在片中時常看見他們兩人對話的畫面構圖是攝影機過肩拍攝荷索的背影和戈巴契夫娓娓敍說的正面形姿，突顯一場雙方互為主體的平等對話，荷索是提問者、傾聽者、同理者、反詰者，無畏以「我感覺、我懷疑、我相信⋯⋯」作為發語詞，不卑不亢地承接彼此的希望和絕望。

荷索和戈巴契夫的真誠和智慧，跨越了人造構設的戲台，抵達一種奇異而美麗的和鳴狀態。而這和鳴的起點是荷索一連串趨近戈巴契夫、建構

戈巴契夫、解構戈巴契夫、還原戈巴契夫的擺盪過程。影片的前三分鐘，戈巴契夫袒露幼時對敵國人的美好印象、荷索質疑戈巴契夫的表白是一種社交虛應的討好手段、而後荷索歷經半年的三次訪談經驗去推翻自己的預設、覺察俄國收音師與戈巴契夫的微小互動、分析歷史檔案的影像細節……，展現了荷索大膽猜想、仔細驗證的科學精神，以及他驚人的敏銳洞察力。

荷索紀錄片的獨特風格在於多層次的視聽語言，呈現意義的曖昧性。他拒絕隱蔽式的觀察，質疑攝影機催生的事件真實性，以後設的旁白論述對平靜的視覺畫面進行反叛，然而，他鍥而不捨的辯證和探險，源於他對真實的追究。即使他鋪排敘事中的重要史實，但他的核心關懷並非事件本身，而是逃遁於歷史和攝影機景框之外的血肉之軀。

檢視他影片推進的敘事結構——還原戈巴契夫所處的時代氛圍和難題，他如何劈開極權鐵幕、摒棄一黨專政，推出「重建」、「開放」的改革目標來促成社會的自由化，並搭建以對話取代對立的國際關係「新思維」，追求世界共同體的理想。他具體促成冷戰終結、縮減核武、兩德統一，也歷經權力鬥爭的悲劇政變和蘇聯解體，而在政治夢想解體之後，他的妻子離世造成他的生命解體——荷索透過豐富的史料和訪談，對於人的境況做了集中的編年紀錄。最後的影像段落，從戈巴契夫堅硬的治世理念轉向柔軟的內在情感，荷索在意的不是事件的轉折，而是情感和意志的蜿蜒流動，他想瞭解究竟是什麼撐起了戈巴契夫？在各種遺憾、失落、回憶的碎片之間，浮現了什麼樣的人的完整性？

深深攫住我的是荷索和戈巴契夫在對談的過程中，說話的一方刻意放慢語速，或是停頓下來，等待另一方耳中的即時翻譯追上，那落差的時間感所形成的沉默空白，流淌著無聲的信任和親密。還有，當戈巴契夫談及逝去的愛侶，話一說完，情緒延伸迴盪在他的臉上，荷索沒有接話、沒有打斷戈巴契夫陷入憂悒的回憶之中。荷索對人的溫柔和敬重，就是捍衛人的孤獨和沉默。荷索曾說，那是凝固的瞬間：「相對故事本身來說，並不一定有什麼重要意義，但它在更深的層面上，與影片的內在敍

事相互關聯。當故事的多種線索由四面八方延伸過來，在短暫的一瞬間打成一個結時，整部影片也像是屏住了呼吸。」

那個凝固的瞬間，就是「人」誕生的時刻。

一如接近影片尾聲那個散漫、徘徊、溢出時間之外的長時間鏡頭：戈巴契夫從室內走向屋外，在失去愛侶的現實中迷走，翻開舊物的蓋子，看一看裏頭，再小心蓋起來，拍一拍手中的灰塵，再掀開另一個蓋子，看一看，再蓋起來。走進樹影之中，張望。正要走出門外，又跟著一隻貓折返回來。這哀傷詩意的段落，隱喻了戈巴契夫的一生作為嗎？他無法不探看那些被遮蓋的東西、無法不跟隨生命的腳步而轉向，恍若時間和遠方不在。就像有人說戈巴契夫的理想沒能實現，「這是他忠於個人原則的結果」，他不管未來的去留，堅持不採取軍事手段，不為了政治生涯而毀棄自己堅守的民主價值。

他說：「我們努力過了。」那也呼應了他的父親從戰場回來時告訴他的：「逃離戰場前，我們都奮戰不懈，這是生存之道。」他們的意思是，沒有退路了，要當作沒有未來那樣地活著。於是，戈巴契夫在影片最後背誦死於決鬥的俄國詩人萊蒙托夫的那首詩而略過不唸最後一段，因為最後一段是向著未來的想像，而戈巴契夫對未來不抱希望，對過去亦無悔意，他就像萊蒙托夫筆下那個對抗虛偽社會的當代英雄，活成一個不在乎未來的人。

強悍、瘋狂、孤獨、尊嚴、悲劇性的戈巴契夫就像荷索這六十年來持續以影像追獵的英雄——無視地心引力，去飛、去迎向虛空，而後墜毀。荷索說，他作品裡的人物全是一個大家庭：「他們全都沒有影子，從黑暗中浮現出來，蒙受了誤解與羞辱。」他們知道自己的反叛註定失敗，但卻毫不遲疑，在無人幫助的情況下帶著創傷獨自掙扎，保持了自己無暇的人格尊嚴。戈巴契夫在他跟池田大作的對談錄《二十世紀的精神教訓》提到，他在蘇聯做出的所有改革：「**是要把埋沒於制度和意識型態**

中的人類救出來的一種嘗試。」荷索也嘗試救出那些被隱藏起來的真實，要我們穿越歷史的、人心的景框，凝視一個血肉之軀的靈魂是什麼形狀。

溢出

繪本《夢游者》最吸引我的是每幀圖面上黃蠟筆游離、飛顫的刮擦筆觸，那是對每一實景的反叛，即使它扣連著文字意識不斷穿梭的兩個世界（寫作者潛入夢中寫作的狀態、寫作者寫下的夢游者的故事），將後設的敍事框架和「我」的對鏡猜疑作了完美的意蘊契合，但是，那些潦草的、微幅震盪的黃色線條，令書中「寫作者」的存在及其作品，被框入另一個視線、另一幢現實之中。它將兩個世界蓋上一層虛幻的斗篷——黃色筆觸一如斗篷上的黃色織線——暗示了一個溢出敍事和意識邊界的目光還在不斷游移。

草地上有積雪，昨天已經開始融化

她在層層防護的豪宅裡閱讀，不知道自己將在一個字和下一個字之間，跌入內心的險境。不過是別人的故事，怎樣的落難，都與自己無關。

無關，於是能全身而退。這是閱讀給我們的，一種歷險的確保。即使她閱讀的小說開頭，就是一場無人得知的衝撞和繼起的死傷。但她已經跟著落難，無法全身而退。

公路上，他望著妻女被惡徒載走，電話上，她聽著丈夫被一名女子劫進旅館房間，他和她同樣無力扭轉現實。後來，他確知妻女的死，浸泡在旅館的浴缸，而她闔上書頁，沉入浴缸，他們同樣需要，冷卻過燙的現實。甚至就連蜷臥在床，放掉所有力氣的身形，也如此相像。最後，他在烈陽下倒下，她淹溺水中，不願浮起，不願含住的最後一絲氣息，輕易向現實吐露。當他持續的心跳聲，猛然停止，她破口喊出：愛德華——

一切停止下來。此後，分不清楚是我在黑暗裡面，還是黑暗在我裡面？

湯姆．福特的電影《夜行動物》運用淡入淡出的轉場手法，令他們的處境，令他們的兩種現實，慢慢交融。一面投入閱讀的她，一面閱讀起自己的過去。正是一齣完美的虛構故事，才能沒有破綻地勾動她動身回到甜美的過去。甜美在於過去已經過去，那是無法更動的文本。充滿瑕疵正是它完美之處。因為無法改變也改變不了，那遺憾、那無能為力，為那已然成為定局的過去鑲上金邊。

入戲的閱讀，就像《夜行動物》原著小說作者奧斯汀．萊特寫下的：「**她有種感覺，那一幕所揭露的痛苦，由湯尼表現出來的，其實是她自己的**

痛苦。……不在這裡的痛苦，變得如此鮮明，讓這一刻驚心動魄。……那本書讓她心生恐懼，她不知道恐懼的標的何在，可是似乎跟故事本身的恐懼不一樣，而是在她自身。」

重讀過去，重讀那些舊文本，就不得不重寫。「她正在重寫，孜孜不倦重寫，盡全力讓虛假的記憶重生，因為正統的敘事已經徹底死亡了。」她不禁懷疑，這是他以小說在對她的真實人生進行報復嗎？

讀者的入戲，是落入作者佈設虛構的一則謊言，而那謊言給你真實的疼痛和撕裂。作者對讀者的傷害，憑藉一個完美的敍事。而那傷害，不也是作者能給讀者的，最美的愛？

作者創造故事人物的命運，也在創造讀者的命運。創作者的強勢和才華，從來就不只是雕刻一個故事，而是伸長了虛幻的手臂，雕刻讀者的靈魂。

再也想不起現實的陽光。草地上有積雪，昨天已經開始融化……

這世界太光，我們承受不起

媽認為〈格爾尼卡〉是最偉大的傑作，因為它最真實，但事實上裡頭的東西都混在一起，那匹馬在尖叫，露出很多牙齒，因為有根長矛插在牠身上，還有一頭公牛和一個女人抱著一個倒掛著腦袋、渾身軟塌塌的小孩，還有一盞像眼睛的燈，最可怕的是角落裡有一隻腫脹的大腳，我總覺得牠就要踩到我身上了。

——愛瑪．唐納修《房間》

這段文字若是一把鑰匙，可以轉開小說《房間》的窄門，也能讓《不存在的房間》幽幽現身。或要追問，這不是一個已然敞開的房間，展示一個清楚的故事？對五歲的小男孩來說，這個房間就是全部的世界。他在這裡出生，在這裡醒來，在這裡遊戲，在這裡入睡。母親的愛，越過有限的空間，為他引來無邊無際的世界。即使母親沒有一刻停止，含淚怒視這一座黑暗的囚牢。直到逃脫，直到進入世界，他們發覺世界的房間過於光亮，也過於光禿，他們承受不起。

就像畢卡索描繪西班牙內戰的畫作〈格爾尼卡〉透過形體的破裂來呈現暴力的恐怖，小說《房間》和它的改編電影《不存在的房間》也藉由某種破碎來突顯真實。小說運用小男孩的第一人稱口吻敍事，每一個字句緊貼他的意識流動和情緒起伏，一座新鮮的世界就從他的所見所感滑溜降生，那思緒跳動的緊湊節奏和解讀現象的純真視角，破碎地折射出一個殘忍不堪的生存境況；電影則以特寫鏡頭來割裂視域的完整物象，開場的系列剪輯如同一塊一塊血肉模糊的殘肢，既是生活的軌跡，也是內心的顯影。

還有，母親和小男孩在房間串起破掉的蛋殼。流動鮮美的生命不再，徒留一串空殼，恍若他們的存在，即使破碎仍舊相連。或許，這座房間多麼惡劣多麼狹小根本不重要，因為家的意義在於親密的連結和情感的溝通，有限的空間無法限制愛和希望的無盡生長。然而，回到世界的懷抱，明明溫暖寬敞，重獲生命的自由和可能，但新家佈滿門窗圍欄等各種框格，隨處都是強硬而冰冷的直線，隔絕了一切連結。

此刻他和母親身處不同樓層不同房間，一扇門之後還有一扇門，一個轉角之後還有另一個轉角，無法輕易穿越，不再輕易抵達彼此。一如男孩發覺，這個世界有許多房間，房間之中還有無數房間……，又像母親告訴男孩的，一面牆的存在，界定了裡面和外面，電影戮力處理房間裡外的生活模式和生命狀態，層次井然地鑿向電影的核心關懷：生命仰賴虛構，穩住現實。

虛構是一種超越現實的力量，譬如男孩藏起母親的壞牙，帶著一小部分的母親逃亡；譬如母親告訴男孩的創生神話，掩蓋了醜惡的強暴事實；譬如母親相信男孩需要她而不需要正常的世界，虛構了兒子的需求；男孩在腦中虛構了一隻狗，同樣創造了一個創生神話。當母親刺破男孩的想像，他立刻崩潰大哭，因為虛構帶來真實的依靠和溫暖。刺破虛構，亦如擊垮生存的平衡，如同媒體的逼問為母親帶來的撕裂。

於此，導演透過「電視」進行了精妙的隱喻。被困的男孩無法經由行動觸探世界，往往透過母親的經驗轉述和電視裡的擬造形象來認識世界，活在一個封閉而又飽滿無缺的狀態之中。起初，電視畫面清晰明朗，慢慢開始出現雜訊，後來幾乎再也辨認不出完整形象。這個視覺意象的轉變過程呼應了母親和男孩的生命遞嬗。受困房間之際，他們虛構生活的力量能讓他們的生活清楚明晰，但當他們走出房間，雜訊逐漸滲透，他們原本的安穩和幸福瞬間崩壞。

這部電影已從裡外的辯證，擴及虛構和真實的辯證。這也能從劇中「逃離房間」的情節設定來看，無論原著小說或其改編電影，母子都輕易且順暢通過這驚險的一關，代表這並非兩者的著墨重點。兩者細膩刻劃母子在房間之中建立的生活，但就像小說的最後一個句子：「**這地方像個彈坑，曾經發生過一些事，留下了一個洞。然後我們走出門外。**」《房間》止於逃離房間，迎來光明的重生；《不存在的房間》聚焦於走出門外的母子在世界進行的逃亡。如果，小說的結尾呈現了現在和過去的割裂，缺乏真實的張力；電影則是鋪衍了真實人性的矛盾和複雜，逼現每一個此刻隱含了過去的陰影，沒有什麼能夠真正過去。

小說意欲呈現意志戰勝一切，而電影的企圖遠遠不只如此。《不存在的房間》不相信意志可以戰勝一切，因為人非得活在社會性的框架中來實踐自己的意志，同時承受現實環境對自身意志的考驗和折磨。人在絕對的時空條件之中能夠絕對且徹底地推進自己的意志，然而，走出小世界之後，時空的條件變得複雜多重而相對，人的單一意志難以完全推動世界的進展，反過來說，一切幾乎都在破壞人的意志。因此，電影否定了小說的論點。被囚禁在房間的母親被收走了所有的可能性，成為一個無望的人。在這樣一無所有的特定條件之下，她透過強烈的虛構和隱忍來交換存活下去的機會。這是意志戰勝暴力和虛無的方式。

她已習慣了絕對，所以離開房間之後，她質問自己的母親怎能在她失蹤後還跟另一個男人過著幸福的生活，彷彿她的受難應為整個世界帶來崩壞，但當她發覺現實仍舊照樣運作，甚至她的父親根本無法接受她被強暴產下的孩子，而一直以來她心繫懷想的那個家也不再復存……，種種現實都在打擊她虛構而來的世界觀。《不存在的房間》否定光明，或是說，光明僅是一瞬，無能照亮更深的黑暗。那黑暗是一種真實，關於人們向著未來，才能看清過往的虛構。那真實的殘酷在於重新審視那個特定時空所能做出的特定抉擇，並非虛構抉擇，而是虛構抉擇的意義。艱難的不是活在黑暗，而是不再虛構光明。

循著獸蹄，探勘地球

又一次他失眠，開車上路，回想他的一生，在何處埋下失眠的種子。又一個隔天，他活在時差之中，將攝影機對準家人，問他們如何愛，如何長大，如何度日，如何看待世界；他一面向外探問，一面拾獲自己失眠的種子，懂得自己怎麼繼承情感上、文化上的家族傳統。他回到家，繼續埋首在那些撿拾而來的廢棄膠卷裡頭，一邊反省思索，一邊挪移並置那些破碎的音像素材，試著拼貼出思索的路徑，試著回答失眠的理由，那將串連起自己的一輩子，比一輩子更長遠的人類故事。

他是艾倫．柏林納，美國的獨立電影工作者。他跟我們一樣困惑於生命的咬嚙，而他選擇擎起攝影機，潛入日常的縫隙，追探親情的崩解、人際的疏離、存在的惆悵。他的首部長片《家庭電影》穿插訪談聲音和家庭錄影帶，回顧他的家人如何起造一個家庭神話；《親密陌生人》透過外公的遺物，追訪無人知曉的神秘過往；《與誰何干》拍攝自己的父親，也遭受父親的質疑：拍電影有意義嗎？《以遺忘為詩》紀錄他的詩人表舅，被阿茲罕默症奪去了語言和記憶。

我們不斷在他的紀錄片之中聽見他對家人輕聲提問：「這是什麼？那是什麼？你當時怎麼想呢？」如果仔細聽，會發現他的聲音懇切而充滿疑惑，那是他對逝去時光的挽留，對每一吋情感變遷的重新認識。他的紀錄片不是因為知道某處擁有什麼所以去見證，而是他待在哪裡，就從那裡向下挖掘，探尋經驗的、情感的、事理的未知之境。在一目了然的地方，開展細膩深刻的觀察，試圖呈現每一個家人的內在狀態，以及他們每一回面對回憶的意願和心力。最普通的家，變成了一個豐饒的世界，或是說，最普通的家，原來就是一處豐饒的景觀。艾倫．柏林納僅僅是，還原它的本來樣貌。

而還原的方式，並非順時工整的敍事邏輯，就像他將各個親友的口述記憶拼湊成一幅多視點的立體派影像，面容變形、扭曲、繁複，卻自然地展現出「詮釋的角度決定了事實的多重樣貌」這個真相。艾倫・柏林納展現感知的差異造成敍事的歧義所必然形成一幢幢無法全然真實的真實，於是他拼貼大量看似無關的檔案影像、文字符號和聲音素材，將心理狀態形象化，將具體事物抽象化，對疊出反差的情境，或是遞延互文的意涵效果；再運用快速剪接的節奏，製造出一連串戲劇性的聯想和命名過程，以此敍事手法來呼應他的內容主題，在聲音上複合聲音，在影像上複合影像，在意義上複合意義。無論形式或內容，都是在已知事態的表面，尋求未知的啟示和轉化。

艾倫・柏林納曾説：「我的電影一直不是從一個客觀的現實展開，而是透過各種不同的視角、理解、關聯來描繪我鏡頭下的人物，以及他們在如此複雜的世界中存在的狀態。」而他有意識地進行各種媒材的鑲嵌和對話，也展示了攝影主體的主觀感受和想法，如何圈限出一個清晰的敍事框架，來含納眾多被攝客體的不同經驗。他常透過機械式的打字機聲音，暗示他正在建構一條路徑來整合相異的生命經驗，逐步揭引出它們背後所存在的普世意義。循著獸蹄，探勘地球。艾倫・柏林納在續寫家族故事，也在創造神話的當代語境，一切都在流動，此刻仍被思索和發展。我們無法面向異域，我們已在異域之中。

向著隱匿的地平線

誰叫住他？他的眼神和嘴角回以貞定的答覆：他將守著誓言，像他來時那樣轉身離去。下一刻，他捲曲的髮絲和大衣的皺褶連成一片波動的海，吞滅他雕像般光滑英挺的臉孔。下一刻，也許順著潮聲出航，構思自己的下一本小說何時回航。不再顧盼那些停在塞納河邊的遊船。沒有一種遠方足夠遠，那時的他還不知道，接續寫出的每一個小說主角，終其一生漂泊浪遊，渴望尋回自己的名字。

此刻的他跑過一個街口，經過那間書店，想起自己在阿爾及利亞戰爭延燒之際，坐在角落的那張皮椅，不再點燈，就著昏暗的光線，反覆摹寫梵樂希和霍格里耶的簽名字跡。偶爾，窗外閃進車流的一道反光，他抓住重回黑暗以前的千分之一秒，凝視鏡中的臉孔：「我已經決定要成為蒙田、普魯斯特和塞利納之後，法國最偉大的作家。」如今，他忘了他在二十三歲的第一部小說《星形廣場》說過的豪語，他念念懷想的是，賣書維生的那段日子，走進書店的老人紛紛告訴他，危險不會過去。永遠，危險永遠都在。

幾年後的 1978 年，他的眼神變得鋒利。非要一眼驅逐危險，那樣的鋒利。他的《暗店街》獲得法國文壇最崇高的龔固爾文學獎，如常他將這本書獻給十歲離世的弟弟呂迪；同年，他的第二個女兒瑪麗出生。他無法不去察覺，在死生之間，在過去「不再」而未來「尚未」的雙重否定之間，他要向著隱匿的地平線前進，繼續挖鑿過去的歷史隱含的未來啟示。挽回逝去的人性，難道不是一種危險的道德選擇？即使直面納粹佔領時期的黑暗歷史，外境的屈辱和內心的飄零一如照片中傾斜的整排窗戶壓迫他的存在，他仍然憑藉自己的狂狷撐住了自己的重心。

尋回那些迷失在黑暗時代的亡靈，以他們的步伐前進，以他們的步伐向著邊地微光，以他們的步伐遁入集體的虛無失落——這是派屈克．莫迪亞諾的誓言，他一再重探的創作母題。「很長一段時間，我做著同一個夢。我不用再寫了，我自由了。其實，我沒有完成那樣的夢。我一次又一次重回那些微小的細節，最後發現，出生的時間和出生的地點決定了我。」生於 1945 年二戰結束的巴黎，莫迪亞諾在重建秩序的社會氛圍下成長。他的父親在德軍佔領期間從事黑市走私，身為演員的母親也在蓋世太保的文化機構中演出；他以小說招回的亡魂，盡是為求生存而隨波逐流的模糊身影，渴盼追溯命運的源頭。

可是，那些亡魂沒有了記憶，拖行肉身徘徊巴黎街頭。《星形廣場》的猶太青年在多重身份的變造幻想中迷失；《環城大道》的男子試圖還原父親在特殊時期的生活經歷；《暗店街》失憶的偵探循線揭開自己的身世之謎；「戴眼鏡的女孩」回想自己和父親在巴黎度過的朦朧時光；「三個陌生女子」身陷戰後的通敵醜聞和恐怖氣氛；《在青春迷失的咖啡館》眾人拼湊一名神秘女子的逃亡故事；《地平線》的男女探訪一生遭遇的離奇過往……。

1940 年，納粹佔領時期，德國不僅劫掠法國的礦場、工廠、農場和鐵路，更壓迫法國人民投入德國的軍工生產和種族滅絕行動。根據東尼．賈德《戰後歐洲六十年》的研究指出，戰前法國擁有一萬兩千台火車頭，到了 1945 年德國投降時僅剩兩千八百台；許多道路、鐵軌、橋樑遭到炸毀，商船幾乎全數沉入水裡；光是 1944 年到 1945 年，法國就失去五十萬棟民宅。美國月刊《外交事務》報導了當時的民生困局：樣樣東西都太少——房子太少，且沒有足夠的玻璃安上房子的窗；製鞋的皮革太少、製毛衣的毛料太少、烹煮用的瓦斯太少、製果醬的糖太少、給嬰兒喝的牛奶太少、洗滌用的肥皂太少……。莫迪亞諾的小說背景，就是法國的土地和物資漸次重建而個體的精神創傷和自我認同無從復原的煎熬時期。

透過一封信件、一張照片、一行地址、一個電話號碼，莫迪亞諾的筆下亡魂闖進暗夜迷宮，考證一段消逝的歷史。那座迷宮總是雨霧濛濛、燈光昏黃、街道空蕩，而回憶的運作摧毀了時間序列，不連續的片刻構成了他們尋找自我的引線和終點。小說的篇章段落充斥「也許」、「大概」這樣的猜想用詞，以及大量的刪節號：「你有可能在卡斯蒂耶旅館住過……」、「到處都死人，你知道……」，有的暗示真實以某種斷裂的形式留存，即使片段，卻是主角走出迷宮的重要線索；有的暗示國家命運的共同創傷，多說一個字，都是撕開癒合的皮肉。那些猶疑和沉默，敞開了迷宮中的迷宮，也像他們趨近的地平線忽然逝去，冉冉浮現一道新的地平線……

時空混雜、氣氛迷茫，亡魂闖入的地名街道和場景細節卻精細入微，例如《暗店街》失憶偵探的追索：「我敢肯定我走的是米拉波街，它筆直，昏暗，空寂無人，我加快步伐，擔心引人注意，因為我是唯一的步行者。在廣場上，凡爾賽大街的十字路口，有家咖啡館還亮著燈。有時我也朝反方向走，穿過奧特依的寂靜街道越走越遠。在那裡，我感到安全。終於我走上米耶特堤道。我記得埃米爾奧吉埃林蔭大道的高樓大廈，以及朝右轉進的一條街。盡頭，有扇窗戶總亮著燈，窗玻璃和牙醫診所一樣不透明。……倘若當時沒有一塊街牌或燈光招牌，我怎能辨別方向呢？」

依附現實的意義，就像《在青春迷失的咖啡館》寫的：「置身那些隱遁的路徑和消失的地平線之中，我們願意找到一些方位標記，編製一份地籍冊，不讓自己產生無親無故、無依無靠的感覺。」即使終將遠離現實，但是一如《地平線》說的：「他決不會忘記那些大樓所在的街名和門牌號碼。這是他跟大城市的冷漠和千篇一律鬥爭的方法，可能也是跟游移不定的生活鬥爭的方法。」自我的喪失、追尋、再次喪失、再次追尋……，這是無盡的迴圈。如果，《暗店街》的海灘人就是亡靈的存在境況，那麼，他們喪失的記憶則是《地平線》的暗物質：「這種暗物質比生活中的可見部分更多。……真想投身暗物質，把斷掉的線索一根根接好，是的，要回到過去，抓住一個個影子，瞭解它們的來龍去脈。」

莫迪亞諾運用清晰精確的詞語營造模糊詭譎的氛圍，那是個人存在的虛無，也是個人所身處的時代精神——遍佈秘密的瘡洞、潰敗的意志、悲傷的離散、無盡的絕路。個人的追尋落空，源於那樣的時空底下的探索無法不通向另一個苦難的開端。並非追尋不出答案，而是答案早已碎裂盡出，含藏於每一個碎片般的事件之中。而莫迪亞諾珍愛的葉慈詩作〈庫爾的野天鵝〉，也能成為一瓣碎片，折射出他筆下的亡魂怎麼長途跋涉，向著隱匿的地平線——

第十九個秋天消逝
從我第一次數算之後
未曾數完，我就看見
所有天鵝飛起
散開，繞著破碎的圓環
喧鬧地拍擊羽翅

……

某天醒來，發覺牠們已經飛離
我知道牠們將在什麼草叢築巢
在什麼樣的湖畔，什麼樣的池塘
又將為誰帶來喜悅？

喪失國家律法的庇護，陷入裸命狀態，不啻為一群法外之徒，莫迪亞諾的亡魂變換假名、身份，不斷遷移、偷渡、橫越邊境，為了擺脫時代環境的大規模傾軋而無法不迂迴繞路。若非偷渡謊言，殘存的真實自我要怎麼保留下來？而後，當他們按圖索驥重探過往，每一樁人事遇合的複雜性和荒謬性都突顯了維繫一口氣多麼艱難。不過，莫迪亞諾為什麼選擇了為一群「失憶亡魂」作見證？

記憶建構了我們為自身和世界命名的向度，無論去到何方，跨出的每一步都隱含了一種方向。而記憶是對經驗的回應，對記憶的命名則是對

「我何以成為我」的追尋。但是，失去記憶、失去活過的痕跡，便無法確認自己的位置和歸屬；趨近於無限的人生，也就是一無所有的人生。這就是莫迪亞諾的小說探問：大難過後，正常運作的心思是否再也無法認出那在慘烈折磨底下的種種自我變形？安穩的自己再也無法接近從前那個顛沛流離、四分五裂的自己？

並非過去不在，而是此刻的自己無法重回過去的時空條件，因而難以同理那個時刻的自己。此刻遺忘的不是過去的自己，而是整個令當時的自己得以存在的時空環境，它如此龐大、曖昧、難以理解，如同 2014 年瑞典學院頒發諾貝爾文學獎給莫迪亞諾的頒獎詞：「運用記憶的藝術，召喚最難理解的人類命運，揭露了納粹佔領時期的生活世界」，但我認為莫迪亞諾的文學成就並非書寫法蘭西記憶的黑洞，而是透過追尋身世的必然失落來一再逼現死而復生的亡魂若不去否認那痛苦和殘暴，怎能活得下去？

那集體命運的破碎無望非得成為一場幻夢，否則一點也承擔不起此刻的生命意欲。寧可接受追尋不著的失落，也無法面對追尋本身的意義空缺。是了，危險不會過去，危險永遠都在。集體失憶是一種歷史迫害，也是一種合乎人性的選擇。為了重回現實，無法不抱著過去已死而未來就要展開的心態掩蓋傷痕，再也不要掀開那段黑暗的時代記憶，再也不要想起那個苟活的自己。刻劃這種向著隱匿的地平線追尋意義而最終陷入迷惘的真實人性，就是莫迪亞諾面向世界所能做出的誠實誓言。他將轉身前行，一如他曾駐足於此，望著漆黑的大地走出人的形跡。當他們摸黑挺進，他知道，生命能走多遠，地平線就有多遠，即使黑暗不曾隱匿。

沉默的團塊，還在搏動

詩人聶魯達在西班牙內戰時期去了一趟西班牙，他的詩從一朵花變成了一擊重拳:「你們問我的詩篇為什麼不訴說夢想、樹葉和家鄉的火山？」聶魯達重複說了三次：「你們來看街上的鮮血吧。」

詩人無法迴避去看鮮血和裂縫，無法繞過真實去界定人類的生存處境，否則，每一個詞語將斷開頭顱，空空晃蕩。不斷透過「進入他者」的視角，直探物事本質的葡萄牙詩人何塞·豪爾赫·萊特里亞繼《如果我是一本書》以「書」的第一人稱觀點來宣示閱讀的意義和力量，再次與他的插畫家兒子安德烈·萊特里亞合作的最新繪本《戰爭》，全詩十七行，皆以「戰爭」起頭，一點一點逼出戰爭的完整形貌。

戰爭竊竊私語，像飛速蔓延的疾病，撕毀日夜
戰爭不聽、不看、不去感覺
戰爭總是知道恐懼和等待在什麼地方
戰爭逼出恐懼的所有形狀
戰爭吞食仇恨、野心和苦澀
戰爭侵入無辜者的平靜睡夢
……

輕盈的短句，就像律令般一發一發刺向核心的短箭，突顯人在戰爭的手上絕對卑微、絕對難以詰問、絕對無路可逃。詩人曾在《如果我是一本書》寫道：「如果我是一本書，我會和讀書的人分享最深沉的秘密。」一旁相襯的畫面是一個人掀開一本比他身體還巨大的書冊，掀開的書頁形同掀開一片屋頂，書內是一階一階向下陡降、看不見盡頭的階梯，正在等那人踏入。

《戰爭》也要我們踏入那越來越深沉的漆黑，去凝視鮮血和裂縫。詩人將直白的辭彙和簡潔的句型節奏，置入曖昧模糊的文法結構，每一行詩句的指涉未明，充滿豐富的歧異性，且詩句之間的思維跳躍，留下大量的空白，但每一頁的視覺畫面具有順時發展的敍事邏輯，具體詮釋並延伸再造了詩人的戰爭圖像。

第一頁是蛇、蜘蛛、蜈蚣等爬蟲從畫面左邊爬向右邊，爬過了接續的三幅頁面，分別以遠景、中景和特寫來展現牠們的流竄，最後，吞噬了樹梢上的鳥，或說，牠們附著在鳥的體內，驅動了鳥的驚飛，代替牠們原來的緩慢爬行，急速飛向未知的遠方——流動的恐怖感已然成形，而在鳥飛離的一片空無之中，第一個詩句浮現：**戰爭竊竊私語，像飛速蔓延的疾病，撕毀日夜。**

這個句子貼在紙頁下緣，彷彿一道地平線，預示了毒物般的戰爭一來，再也沒有生命能從地平線上探頭，除了荒蕪。接下來，那鳥投影在林木間的巨大陰影，象徵邪惡勢力的擴張，而那陰影的龐然輕淺，也暗示了這邪惡之鳥多麼貼近太陽，不畏光明灼燒甚至牠的陰暗幾乎要覆蓋了大地。

牠飛向一幢漆黑的大樓。此刻，詩人道出：「**戰爭總是知道恐懼和等待在什麼地方**」。整幢黑色樓房，唯一透出溫暖黃光的一扇窗，窗邊站了一個人，像在守候戰爭的到來。而其他所有漆黑的房間，一如眾人恐懼戰爭的來襲和轟炸，紛紛熄掉光線，寧可在黑暗中生活，也不願透露生命存在的一絲訊息給戰爭。

飛行的鳥來到人間陸地，重新蛻回爬蟲毒物的形姿，爬向那等待的人。不知道為什麼，那人欣然享受蜘蛛、蜈蚣和不明毒蟲的侵襲？詩人卻說：「**戰爭逼出恐懼的所有形狀**」，難道，等待戰爭的人擁有某種恐懼，於是召喚自己渴望的疾病？他的恐懼是什麼？為何他的恐懼要與「戰爭」相互依附、誘發彼此的力量？原來，他恐懼無能去復仇、恐懼無能去征

服和佔有、恐懼無能感到虛榮的甜美，因而他以自己的仇恨、野心和苦澀來餵養戰爭。

引發戰爭的，從來不是異類和毒物，而是人性的好鬥、佔有欲和競爭意識。詩人說：「**戰爭強迫人戴上它的邪惡面具**」，其實，發動戰爭的人並不無辜，但他得深信自己為了某種崇高的理由「被迫」主動出戰，所以他必須戴上假面、異化自己的道德和良知，才能輕易驅動一場極限的暴力行動。就像繪者在前一頁畫了那人徘徊於眾多面具之間，後一頁他已從中挑選並戴上了尖刺如鳥喙的一副面具。

戴上面具，以戰爭之名，那人得以俐落地燒毀和踐踏歷史與文明。詩人批判戰爭「**令人憂傷、破碎、失語**」的筆鋒一轉，他寫下：「**戰爭是痛苦的機器，各種憤怒的邪惡工廠**」，他想說的是，為世界帶來痛苦的「戰爭」它本身也是一個痛苦的機器，因為它的存續並非它自己的意願，驅動戰爭的是人的意志。而「**各種憤怒的邪惡工廠**」刻意隱去主詞，凸顯「痛苦」和「各種憤怒」，詩人告訴我們：戰爭自己是一個痛苦的機器，戰爭也是邪惡的工廠，它不是製造各種憤怒，而是戰爭蘊含了、累積了發動戰爭的人的各種憤怒，於是才成為邪惡的工廠。

詩人繼續寫下：「**戰爭鑄造鋼鐵和陰影的孩子**」，繪者在同一頁畫出「一顆一顆相同規格的白色頭顱正被打造和運輸」和下一頁「佔據整個頁面的幾百個微小士兵，整齊持槍，失去五官，形同虛設的陰影」。我在翻譯這繪本的這一句詩的時候，刻意保留中文文法本身的曖昧性，去契合作者和繪者的表達。「**戰爭鑄造鋼鐵和陰影的孩子**」貼近詩人原始語意的讀法是：「鋼鐵的」孩子和「陰影的」孩子，句子的主體是孩子，形容戰爭塑造出鋼鐵般強壯的士兵，而他們也是陰影般失去個人意志的虛無存在。第二種讀法：「鋼鐵」的孩子和「陰影」的孩子，句子的主體轉為鋼鐵和陰影，以孩子來描繪戰火底下的扭曲生命一如戰爭製造了鋼鐵和陰影，暗合繪者的圖畫意象。

接著，無數軍機飛過頭頂，那紛紛落下的空中彈藥，細小如柱，形狀彷

似無數士兵失去手腳，僅剩一顆頭顱和殘缺的軀幹。士兵成了殺人武器，以身轟炸土地。而空中俯視爆開的白煙，連著下一頁坦克和槍口的白煙，都是帶來嚴重死傷的火與硝煙，但在驅動戰爭的將領眼中，不過是一團沒有細節的黑色風暴。風暴的核心，則是一具一具扭曲破損的人形，螻蟻般連綿倒臥。對立於士兵征戰的工整劃一，死去的肢體變化無窮，如此混亂、破碎而繁麗！面對戰爭，人是不是死了才能展現難被馴服的生命力？而斷垣殘壁之間，毒蟲張牙舞爪，向著紙面的右邊爬去，爬出盡頭，準備吞噬下一個遠方。

詩人運用敍事形式和語意內涵的輕重反差，刻鑿戰爭的本質，繪者也以一種弔詭的視覺風格來呈現戰爭的無情和荒謬。弔詭並非失真，而是引入一種遠離真實的詩意象徵來再現真實。即使通篇的灰暗色調相應於奪去色彩、奪去生機的戰爭現實，但那現實的膚觸是輕盈透光的水彩暈染，每一頁紙面的背景底圖幾乎都是水份稀釋的灰黑淡墨，微微透出赭石、泥黃、芥綠，像是一團蔓延的迷霧，正在浸透、混融、蒙蔽現實的一切景物。

輕柔飄動的迷霧一如戰爭正在大規模地湮滅現實的輪廓，抹掉形跡、取消界線、撲殺所有存在主體的力量。迷霧降下，沒有誰不是被拋在無邊無際的虛空之中，感到生命難以穿透世界，世界難以穿透未來。然而，畫面局部那漫漶流動的多重顏色，像是沉默的團塊，還在搏動——究竟那忽暗乍亮的色彩是即將止息、終要沒入一整片虛無？還是要從灰燼中掙扎而出的最後一點生機？

這曖昧的雙重性，是繪者懸於每一頁的暈染底圖，也是詩人文字透明而語意閃爍不定的書寫風格。這冷峻尖銳的繪本將「戰爭」視為蔓延擴散的疾病，就像英國戰略史學家李德哈特在《人類何以陷入戰爭》提出：「戰爭的細菌（The germs of war）存於我們本身之內，而不是在經濟、政治或宗教等領域中。除非我們已經把自己的病根治好，否則又怎麼可以希望世界能免於戰禍？」繪本的最後一句止於：「戰爭是沉默」，意指「戰爭」帶來死絕，為大地覆蓋沉默的裹屍布；也指出「戰爭」是活

著的人的沉默所鑄造出來的。無論那戰爭是國際或社群人際之間的哪一種權力斡旋和壓迫，如果我們拒絕支持、不願默許戰爭的蔓延，那麼，我們身上無法根除的道德勇氣就是我們回擊的起點。沉默的團塊，還在繼續搏動……

九命鳥

離開查理大橋，沿著伏爾塔瓦河畔的土路走。鞋子揚起塵埃，身體迎面接住。迫切需要一種無人修築的自然，掩蓋這座古城的浮華和市儈。不問走多遠，才離得開文明的內陸，即使它一如墓園。我穿過一排停靠岸邊的天鵝船、散在樹叢之間的青銅雕像、一座一座爬滿鏽斑的愛情鎖橋，等一輛電車唰地通過，我快步跑到對街，回看自己的逃逸路線。

再轉頭的時候，看見荷塔・慕勒。

她的臉印在一張看板上，底下寫了些字。我穿過巨大的白色圓柱，闖進街角的一棟建築。我問：「這是哪裡？為什麼有她？」櫃檯的少婦說：「這裡是歌德學院，慕勒明天要來朗讀她的小說。」順著指示，我穿過幾個街區，從黃昏走入黑夜，來到一座燦白的市立圖書館，跟另一名少婦索取明日的入場券。

逃逸和趨向，最終都將步入明日，落定無所不在的偶然。穿過《狐狸那時已是獵人》恐懼的蚜蟲，穿過《風中綠李》崩毀的心獸，穿過《呼吸鞦韆》永久失落的鄉愁，隔夜我站在大廳，看荷塔・慕勒穿過人群，駝著背脊而來。瘦小的形體，射出悍烈的目光，一身啞默的黑色裝束，突顯一抹紅艷的唇。像用了所有氣力，撐開一個傷口——寫作必須停留在受傷最深的地方，否則不需要寫作，她說。

無意緩解，不願遺忘，她的聲音像一把磨鈍而不意抽離的刀，斷然朝向無盡的黑夜討伐。討伐無所不在的權力監控，省思個體如何成為共犯結構的一份子，合力建造出一個個牢固的規訓體制。當她放下手中的書稿，我走向她。她問：「妳來自中國？」我說：「不是，我來自台灣。」她關切地追問：「妳所身處的地域，是否也有極權的陰影？」原來，她

含血挖鑿的傷口不僅是個體的險境，也是集體的命運。

苦難存在的一日，她的精神流亡便無法終結，無法不繼續寫下那些幾乎不存在任何可能性的存在境況。以此突圍，抵抗死亡的秩序，守住一種面向世界的道德責任，將每一個人推向自己的存在境況之中，承接這片土地繫掛在我們身上的重量，也包括我們繫掛在這片土地上的重量。不忘了要像《風中綠李》的九命鳥：

當老人在森林裡吹哨子，鳥兒在樹林與鳥巢間迷路，衝進積水潭裡的雲朵，墜落而死。只有九命鳥活了下來。老人切下沙棘的樹枝，手被荊棘刺得流血。他用樹枝做出孩子般長度的哨子，在沙棘四周潛行吹響。九命鳥沒有發瘋。吃飽了還會繼續獵食。老人吹哨。九命鳥從他的頭上飛過，坐在樹枝上，將獵物戳在荊棘上，留給第二天的飢餓。

世界不是在我之外，而是在我之內

非得伸出更長的手，抱住每一個孩子。非得撐起更大的頭顱，裝進每一個孩子的恐懼和夢。位於耶路撒冷「猶太大屠殺紀念館」的雕像，紀念猶太裔醫生、波蘭兒童人權之父雅努什．柯札克終生捍衛孩子的自由與尊嚴，直到死亡的最後一刻，依然伸長了手，抱住每一個孩子的眼淚和顫抖。

第二次世界大戰爆發時，柯札克與他的孤兒院將近兩百個孩子一起遷入猶太隔離區。為了孩子的溫飽，他敲響街邊的每一扇門，乞求食物、衣服和藥品，請求神父通融孩子能去教堂的花園玩耍。他在爭取各種資源來照護孩子的同時，飽嚐人情尖酸和冷漠、承受死期將至的絕望和孤獨，如同猶太大屠殺紀念館將柯札克的雕像鑲嵌於一個方形內凹的石磚牆中，凸顯柯札克在具體的監禁和無形的囚困裡，從未放棄突圍。他在生命盡頭 1942 年 5 月到 8 月的掙扎求存和無數次挽救孩子的行動，收錄於《柯札克猶太隔離區日記》。

凌晨五點，孩子們都睡了。柯札克握著鉛筆，桌上有一塊黑麵包和一瓶水。鉛筆在他手指上留下一道一道的凹痕，他想起父親說他是個「心不在焉的笨蛋」，外婆給他葡萄乾，叫他：「哲學家。」想起他死去的金絲雀、哭泣也是一種罪、猶太人、死亡……。日記的第一句，柯札克寫下：「**回憶錄是一種陰沉、憂鬱的文學。**」而後他說：「**當你挖井的時候，你不會從深處開始挖，而是從最上層開始，大刀闊斧地把土一鏟一鏟地挖出去，不知道下面有什麼……。你下定決心，你有足夠的力氣開始行動。**」

筆鋒一轉，出現了戲劇性的對話。有人問：「**老頭，你在幹嘛？**」柯札克回答：「**你自己也看得出來，我在找地底的泉源，我會找出乾淨、涼**

爽的泉水，讓回憶四處流淌。」那人繼續問：「要我幫你嗎？」柯札克說：「喔，不用了，親愛的，每個人都得自己來。讓別人幫忙不會讓工作變快，也沒有人能為別人代勞。其他的事還可以讓你幫忙，但如果你還信得過我，也不會輕視我，這最後的工作就讓我自己來吧。」

「這最後的工作」是在死亡的底線上，縱身躍入那曾流動著生命的時刻。柯札克「從最上層開始挖掘」、「不知道下面有什麼」即是從已知的此時此地出發，回探過往的未知。未知來自於終局未定，過往的一切細節因而像是任意擺盪的伏流，無須追溯源頭、流向和意義。當柯札克被判定為將死之人，於是浮現一雙「陰沉、憂鬱」的將死之眼，得以穿透那混雜交纏了童年、現實、理想和夢境的碎片，找出一生的跡象。

五歲的時候，柯札克想知道「要怎麼做，才能讓世界上不會有髒兮兮、衣服破破爛爛、飢餓的孩子？」他在七歲的時候感受到：「我在。我有重量。我有意義。」十四歲時第一次想到教育改革。柯札克說：「世界不再是在我之外，而是在我之內。我活著的目的不是讓別人愛我、讚嘆我，而是為了行動、為了去愛。不是我周遭的環境有義務要幫助我，而是我有義務去照顧這個世界，去照顧人。」後來，他經常夢想去中國旅行。此刻置身於猶太隔離區，他認出了這個夢想的意義：「不是我到中國去，而是中國來找我。中國的飢餓，中國孤兒的悲慘，中國孩子的高死亡率。」

解決孩子的飢餓、受凍、疾病和創傷，成了柯札克走向他自己的命運。即使遷入猶太隔離區，他仍情願為了孩子的身心健康和快樂而日夜奔走，但他自己的疲痛、瘦弱、肺積水、焦慮和無望，沒有一刻不在兇猛吞噬著他。他在日記寫他的夢：「今天晚上又死了幾個人。死去孩子的屍體。一個在桶子裡，另一個則躺在停屍間的床板上，被剝了皮，很明顯還在呼吸。新的夢：我在爬一個很容易倒的梯子，爬得很高，而父親一次又一次把一大塊淋了糖霜、裡面還有葡萄乾的蛋糕塞到我嘴裡，塞不進去的，他就把它弄碎塞進口袋。」

陰影滲透每一吋現實和夢境，柯札克面對殘破的生存條件和碎裂的內在狀態，隨身把氰化汞和嗎啡藥錠放在口袋，生命一旦被戰火、槍管或其他暴力摧殘，他將會服毒自殺，在自由意志底下，尊嚴地告別生命。在猶太隔離區的柯札克就像美國華盛頓「大屠殺紀念博物館」收藏的那張翻拍浮雕作品的照片。浮雕內容雖是常見的「擁抱孩子的柯札克」，但塑像是以幾何圖形的切割和重組構成立面，如同斷頭的柯札克以斷掉的一隻手抱著一顆男孩的頭，另一隻斷掉的手捧著一顆女孩的頭。雕像的拼貼形式與石材本身的剛烈質地和線條，深刻呈現出柯札克以自身碎裂來撐起孩子的完整性。

碎裂是柯札克真實的生命成象，碎裂於是也自然地融入《柯札克猶太隔離區日記》的書寫脈動。鬆散破碎的行文結構，夾雜各種時空和場景，他在回憶和省思的段落之間，時常標記寫作的那一個時間點，像是強硬地將自己從過往的無限拉回現實，畢竟，在死亡迫近之前，一如夾縫生存，再也沒有耽溺的餘地，再也沒有夢了。他非得理性強制自己的心，一次次重回現實，解決當下的困局。因此，他的情感強度支撐著每一個故事的浮現以及戛然停止，而思緒難以綿長縝密地發展和鋪排。沒時間了，柯札克不再幻想可能的未來，而是務實地拓開當下的可能性。

然而，無法不思及死亡，無法抗拒在死亡的腳邊，偷渡心願。柯札克在日記裡自問：「我剩下最後一年、一個月還是一小時？我想要有意識、清醒地死。我不知道我會說什麼話和孩子們道別。我渴望和他們說，也只想說這些：他們有完全的自由去選擇自己要走的路。十點。槍聲：兩聲，幾聲，兩聲，一聲，幾聲。也許我的窗戶剛好沒有遮好？」

「孩子有完全的自由去選擇自己要走的路」像是柯札克的遺言，也像是他留給這個世界的深情祝福。即使他最後的日記和隨筆遍佈了破碎、中斷、混濁的話語，但是他「賦權兒童」的理念始終完整明晰地貫徹在他一生的作為和著述之中：作為大人的我們不能因為害怕孩子被死亡帶走，就把孩子從生命的身邊帶開。我們給予孩子許多重擔，讓他在明天

可以成為一個人，但是我們卻沒有給他作為一個人，今天就該擁有的權利。

柯札克在《如何愛孩子》告訴我們：孩子有權要求別人重視他的憂傷，雖然那只是一顆遺失的小石頭。孩子有權要求別人重視他的願望，即使那是在冷天出門散步時不穿外套。孩子有權要求別人重視他看似荒謬的問題。柯札克在《當我再次是個孩子》也要我們尊重孩子的無知、尊重孩子的失敗和淚水、尊重孩子的秘密和遲疑、尊重孩子認識世界的過程。尊重，其實就是祝福孩子走向他們自身的自由，將「活著的權利」還給孩子。

1942 年 8 月，押解猶太人的德軍打開孤兒院大門。柯札克囑咐孩子們穿上潔淨美好的衣服，像去參加一場盛大的遊行。拘捕的路上，目擊的詩人茲倫格爾說：「他們穿著乾淨的衣服，彷彿在花園裡漫步，享受安息日。」柯札克竭盡所能，移除孩子心上的恐懼，為他們帶來平靜和歡樂。柯札克與孩子們一起步出猶太隔離區，坐上灑滿生石灰、悶熱擁擠的家畜貨車，被送到納粹死亡集中營。沿途，柯札克多次獲得庇護，但他一再拒絕單獨獲救的機會，他說：「不能放棄自己的孩子。」最後，他與孩子們在毒氣室一起喪生。

華沙猶太公墓的柯札克紀念碑，留存了柯札克和孩子們走向死亡的那一刻：柯札克逆風向前，一手抱住胸前的孩子，一手牽起後頭的孩子。柯札克面無懼色，除了風掀起的微細波瀾，他的衣著平整地撐起了他的坦然和正氣。而團塊相連的刻工造形，恍若柯札克與孩子們的衣袍相連，共享同一座身體，就像柯札克說過：「世界不是在我之外，而是在我之內」，他將自己的命運連結孩子的命運、世界的命運，於是有了一種承擔共同體的責任和勇氣。他不能放棄孩子，因為放棄孩子就是放棄他自己。如果盡頭是絕路，就讓相連的手，為死亡撒上香氣。

爆炸了。他們從夢中驚醒，不知道要逃。走到陽台，看見遠方的紫紅色大火。他們轉身，叫醒孩子。一起回到深黑的天空下，守著奇異的光芒。從沒想過，死亡看起來如此美麗。他們告訴孩子：「看看吧，你會記得它，直到生命的盡頭」。消防隊員趕去滅火，幾個小時以後，全身水腫。沒有別的醫法，只能灌下大量的牛奶。逃也來不及了。他們不知道自己活不過十四天。下葬的時候，腳腫得無法穿上任何尺碼的鞋子。這座城市的表面將被鏟起、動物將被射殺，全部埋進一個洞穴。倖存的人也將被連根拔起，走到半途倒下、入睡不再醒來、生下畸形的嬰孩。一個接一個死掉，不會有人在乎，因為不會有人想跟死亡靠得那麼近。

可是，她走近了，走向末日的劫餘。1986 年，車諾比核災發生，各國記者爭先報導蘇聯共產體制的弊端、核能反應爐的設計缺陷、核電廠操作員的執行不當、高放射性物質的危害程度⋯⋯，白俄羅斯記者斯維拉娜．亞歷塞維奇選擇走近救災士兵、遷居難民、前共黨官員，紀錄他們面對絕境的禱告和懺悔：離家之前，把自己的名字寫在房屋上；離家之後，夢見自己回家整理床鋪；看見懷孕的狗而嫉妒；相信開槍的是人，提供子彈的卻是上帝。亞歷塞維奇用了十年整理這些口述歷史，在 1997 年完成《車諾比的悲鳴》，得到 2015 年的諾貝爾文學獎。

授獎的瑞典學院認為亞歷塞維奇探索蘇聯及後蘇聯時期民眾的情感和靈魂歷史，超越了新聞報導的格式，開創獨特的文學類型——多重人聲拼貼——為當代的苦難和勇氣樹立了紀念碑。對亞歷塞維奇而言，結合「訪談紀實」的寫作形式，原本就是俄羅斯的文學傳統：「**每個人身上都有故事，將不同的聲音組成一個整體，這是掌握時代的一種嘗試。**」1985 年她的第一部作品《我是女兵，也是女人》訪問那些投身第二次世界大戰的蘇聯婦女，同年出版《我還是想你，媽媽》呈現蘇聯反抗德

國納粹入侵的戰爭底下倖存孩童的純真自述：「我們家正好孵出一窩小雞，我怕牠們被弄死」、「房子，別著火！房子，別著火！」、「我深夜打開窗子，把紙條交給風」、「一把鹽，這是我們家留下來的全部」。

1991 年出版的《鋅皮娃娃兵》聚焦於蘇聯入侵阿富汗導致的十年戰爭，採訪參戰的士兵和他們的家人。書名源自那些守在家鄉的母親，遠遠望著一列列鋅皮棺材，深怕自己的孩子躺在裡頭。這部作品問世，遭到軍方和共產黨抨擊，1992 年，亞歷塞維奇受到政治法庭審判，因國際人權組織的抗議而中止。此後，她的新聞報導被打壓、私人電話被竊聽，不得不在 2000 年離開自己的國家，流亡法國巴黎、瑞典哥德堡和德國柏林等地。2013 年的新作《二手時代》採訪俄羅斯居民在蘇聯解體後的生活轉變，各篇藉由「過去……現在……」的敘事結構，凸顯人們活在「用過」的語言、文化和意識形態之中，沒有創新的生活目標和生命想像。

戰爭連綿、帝國垮台、社會主義崩潰，無論蘇聯還是俄羅斯時代，都是鮮血橫流、屍骨遍地。亞歷塞維奇說，那是劊子手和受害者之間的永恆對話：「每個人都有這些故事，每個家庭都能述說痛苦。我常感到困惑，我們是誰？為什麼我們所歷經的苦難，無法轉變成自由？這對我是一個很重要的問題。為什麼被奴役的意識，總是佔了上風？為什麼我們寧可為了物質利益，放棄自由？或是像過往的歷史那樣，因為心生恐懼而犧牲了自由？……我擔心的是，這條恐怖的路，我們要走多久？一個人還能承受多少創傷？」即使，「在我們的時代，很難當一個誠實的人，但是，沒有必要屈服於極權所仰賴的妥協。……我出身蘇聯的傳統，身為作家，我必須為人民說話。」

亞歷塞維奇說：「我一直在尋找一種體裁，它將最適合我的世界觀，傳達我的耳朵如何傾聽、眼睛如何看待生命。」透過「人類的聲音自己說話」，每個人的口頭言語紀錄國家歷史，同時講述自己的生命故事，這種創作體裁，她稱之為「文獻文學」：「今天，當人和世界都變得如此多面和多樣，藝術中的文獻檔案也變得愈來愈令人感興趣，而藝術本身

則常常變得無能。文獻檔案使我們更貼近現實，因為它捕捉並保存原原本本的東西。……根據這些材料寫了五本書之後，我宣佈，藝術不能理解很多關於人的事情。」亞歷塞維奇選擇面對未知，尊重任何情感的涵義，保護它們內部的變化，並且不將她個人的情感和評斷置入一個敘事體系，「文獻文學」的透明客觀，就像蘇珊．桑塔格在《旁觀他人之痛苦》所說：「**人們面對暴行，期待的是見證的重量，而非藝術的玷污——藝術在此等同於虛偽或矯飾**」。

然而，句子若是思想存在的條件，作家開展句子的方式塑造了作家自身，那麼，亞歷塞維奇未曾寫下任何一個句子，僅僅複寫他人的獨白和沉默，她的創造性如何體現？其實，她的作品並非單純的文獻檔案，她紀錄而來的「每五個訪問，擷取其中一個。而任何一個採訪對象至少錄製四捲錄音帶，整理出一百到一百五十頁的訪談內容，最後只用大約十頁。」她的創造性體現於材料取捨的眼光和敍事結構的掌握，若以《車諾比的悲鳴》為例，亞歷塞維奇展示了外在的暴力停息、內在的暴力繼起的那一瞬間，受難者的記憶不斷帶著他們重返記憶的幽影——那些來不及看清、來不及理解就在心上鑿入驚愕和恐懼的印象：女人躲到樹叢，用磚塊敲自己的頭；眼見持槍的勤務工抓起初生的嬰兒，一把扔出窗外；帶馬去殺掉的時候，牠們哭了起來……

這些苦難的記述構成了我們閱讀的一種震撼：我們落入每一篇敍述者「我」的言詞之中，我們不再是單獨的自己，我們是與故事相關的每一個人，承擔他們的情感流向。但是，撕心裂肺如此真實強烈而事件全貌逐漸模糊渙散，此刻我們才懂得亞歷塞維奇説自己不是一個冷靜的事件紀錄者，她的心永遠停留現場。她渴望再現的並非事實真相，而是受難者如何在身心動盪之中把握情感的真相：捨命抓住的是什麼？孩子、逝去的愛人、公寓的門、沒有歌詞的歌、不復存在的祖國……。荒謬暴力的極權統治一再否定個體的生命意義，而亞歷塞維奇的訪問清晰逼現了他們生命斷裂之際乍然浮現的存在歸屬，也就是一無所有、退無可退的生命察覺了自己的存在底限，在無家可歸的時候找到了「家」——那已然失落、終將失落的精神依歸。

受難者的獨白慢慢托出他們的精神依歸，來回補綴和探問：「**我不應該講……但我還是要告訴你**」、「**你明白我在說什麼嗎？**」亞歷塞維奇在書中保留了他們急切叮嚀的重複語句、刺痛椎心的空白停頓、無以為繼的悵然懸止……，他們的言說和沉默、自我表述和自我諦聽的交相鼓動，構成了一個個情感漩渦。他們投入一個漩渦，面臨崩潰邊緣又將自己推落下一個漩渦，反覆襲捲自身的生存狀態。我們無法在字裡行間讀到亞歷塞維奇的提問與回應，那使他們的獨白更顯無助和瘋狂，一如孤獨的殘響，無法不墮入虛無。她的敍事佈局和篇章擺放次序，隱然呈現她對情感張力的精準堆疊和節制收束。

而且，她的「多重人聲拼貼」除了反應戰爭和威權的暴力，還反思了新聞報導和歷史論述的生產過程。她說：「歷史只對事實感興趣，而把感受排除在真實之外」，她感興趣的，「不是事件，不是戰爭，不是車諾比，不是自殺，而是人類在我們自己的時代發生了什麼事。」於是她收集千種聲音和命運的創作行動，源於一個自我去碰觸另一個自我的過程所引發的情感波動。無意反映客觀事件，而是匯聚個體的意見和行動來揭露歷史建構的特定角度。相對於展示有限的歷史事件，亞歷塞維奇嘗試展現歷史的另一個維度：同一事件為不同個體開啟的無限存在歷程。

過去不曾消失，甚至還沒過去。她寫下的苦難、掙扎和冀望，這些不是遠方的歷史，而是我們共有的現實。亞歷塞維奇說：「整個世界處於危險之中。恐懼成了我們生活裡的一大部分，甚至比愛更大。我們都需要勇氣來繼續生活，希望我們都擁有足夠的勇氣。」她承擔的，並非創作者的責任，而是作為一個人的責任。責任（responsibility）意味了回應（response）的能力（ability）：承擔我們的存在、回應我們的存在，不放棄對抗那把從未放下的刀斧。

對我來說，電影是零星而片斷地浮現。第一塊斷片是指向其他斷片的一塊拼圖。這塊拼圖充滿希望。……你愛上了第一個念頭，那微不足道的一小塊。而你一旦有這一塊之後，其餘的遲早會出現。

——大衛林區〈創意〉

每一塊碎片一定都跟其他的東西有所關聯。這其中會有一個統一性浮現出來，我可以看出這一切事情彼此相互關聯的方式。但一直要到我們拍了一半之後，我才突然看見一種形式，足以結合其他東西、所有之前出現過的東西。

——大衛林區〈內陸帝國〉

沒有人能夠看過大衛林區的電影之後還能安全脱身。我們將突然患上一種失語症，難以確切描述我們親眼看見的一切為何那樣開始又那樣結束，但它在我們心上鑿刻一種混雜了神秘、渾沌、悚然的清晰感受。正因為那恐怖的感受如此凌厲深邃而感受的來源無法透過理性推斷出來，於是大衛林區的電影如同迷魅般的夢魘存在，對我們殘酷地「處以私刑」，而那碰巧是他的姓氏「Lynch」的意思。

我們真正害怕的，並非走入他的電影，而是他的電影走入了我們的現實，令我們跟自己產生了一種距離：我們的直觀情感完全接通了他的電影，但我們理性思考仰仗的因果邏輯無法破譯他的電影，於是我們陷入困頓與驚恐，不得不意識到理性思維的限界。

開頭的兩段引文出自《大衛林區談創意》，除了是他的創作自剖，也是我們通向他的電影世界的關鍵索引。「零星而片斷地浮現」作為電影形式的構成，逐漸積累了懸而未決的詭譎氣韻。「愛上了第一個念頭，那

微不足道的一小塊」也是《象人》、《藍絲絨》、《驚狂》和《穆荷蘭大道》等片的主角涉入一宗懸案的迷醉狀態，即使他們誤以為「一旦有這一塊之後，其餘的遲早會出現」，但是，接下來出現的每一小塊拼圖，不會將他們引入一個封閉式的完結關係，那一塊塊拼圖開始衍動變化，敞開他們的意識邊界和道德向度。當然，這也是電影給我們的強烈衝擊。在大衛林區的作品裡頭，「每一塊碎片一定都跟其他的東西有所關聯」，這其中浮現的統一性不是一個概念化思維建構而成的合理性，而是一種獨斷的、個人化的多重意識狀態。就像他說他喜愛電影，因為「它能敘事——大而抽象的事」。

具體有序的故事，我們能用經驗與之對話。而這種藉由主觀直覺來發展的抽象結構，我們就以流動的感覺來應和貼近。貼近一整掛的元素全都聚集於此，畫面和聲音隨著時間推進而匯流出一個個漩渦，創造出之前不存在的東西。我們不見得能夠看見，但我們感覺得到它們的存在，感覺得到那是一個真實的空間、真實的世界。若從他拍攝長片的間歇拍下的那些短片來看，我們也許更能把握他心之所向的靈光碎片。《幻象曳影》長時間定鏡凝望光影經過空間地景的變化軌跡。時間如有意志，緩慢佔據景物，直到黑暗的幽影抹去現實的邊沿，完全展露了大衛林區如何引渡日常潛藏的暗黑質地。他沒有編造任何恐怖的暗影，他只是在場，只是長久凝視，現實本身的自然流轉，才是恐怖的真正成因。

大衛林區說：「我最愛看人從黑暗中現身」。那是否定人的現實來歷，肯定人的內在處境，恍若無需穿行現實，就能直接抵達欲望的開口，穿出空無，穿入空無。他的長片《驚狂》演繹了暗影驟然降臨，生命忽然失去存在的維度。而其後的短片《前往更深的夜》直接說出「開得快一點，就可以進入夜晚」，大衛林區飾演的船之舵手，領著片中的女人和我們一起，航向夢境、航向意識深層，落入自己無法掌控的黑暗力量。回到未知的界域，一切變得柔軟、悠然、忘我，僅僅存在，沒有其他目的。否則，現實的極端壓迫也會逼現畸變的幻想心靈，《病的交叉效應》、《字母驚魂記》、《我種出我外婆》、《暗房是夢的入口》都在危險的臨界點，滲透暴力的血腥和受迫的蒼白。

大衛林區在費城藝術學院的短片實驗，早已展現了尖刺、陰森的獨特風格。繁複的形態衍變、龐雜的噪音轟鳴，全在聲響斷裂的停頓之間衝出張力。他在費城這座蒸氣氤氳的工業都市生活的恐懼，也是他在黑白紀錄片《橡皮頭的故事》沉重的自白。而後拍攝的短片《工業聲景》就透過運轉的器械和重複的擊打聲響帶出異化文明的破碎現狀。那些聲響沒有意義，但卻猛然浸透我們的身心，形成奇異的共鳴。大衛林區提醒我們：「忠於自己。讓你的聲音響起來，別讓任何人擾亂它。」他要我們依循那些不斷衍動的碎片，走向未明的歧路，那將通向我們未曾接納的我們自己。碎片承載了完整性，它的衍動變化就是自身的歸屬。大衛林區讓我們懂得生命原本就沒有一個寫就的整體圖像，而是逐步沿著已知引動未知的輪廓和細節，圖像才慢慢現身，且下一秒就將完全變形改觀。生命一如虛空沒有界限，我們無法抓住它，也無法失去它。當我們對它沒有企圖的時候，我們就得到了它。

摒棄所有願望

我很喜歡鄭志忠的戲，每回都有那麼一刻，衝破意識的層次。《貝克特與我》就像劇中重複喊出的那一聲「啊」，就像禪師訓練弟子集中心思在那沒有涵義的「無」的聲音。重複去唸，唸到整個身心被它浸透，任何思想無法闖入。並非人在唸「無」，而是「無」在重複自己。

貝克特的劇本，癱瘓詛咒和拯救。他寫的人總以等待永恆的姿態等到幻滅，再也無能行動、無法懷藏欲求，疲憊地發覺有限無法抓住無限。《貝克特與我》改編貝克特的劇本《戲 Play》，戲名「貝克特與我」暗示了兩個主體的相互對話，而非單純的搬演和再現。原作描寫一個男人、妻子和情人置身於三個甕中，僅僅露出頭來，沒完沒了地述說他們的愛戀糾葛。

貝克特給出的舞台指示明確：「**舞台前方中央有三個相同的、灰色的甕，高約一公尺。彼此相接觸。每一個甕口有一個人頭，脖子卡在甕口。……他們始終面向前方，不轉向。臉孔皆失落在歲月的衝擊中，似乎成為甕的一部分。**」而鄭志忠捨棄了甕，捨棄了貝克特刻意削去身體動作、削去戲劇性的演出設定，即使仍舊憑藉破碎的言說來啟動無法完整勾畫的人際關聯，但他改以三個行李箱圍成一個向內的聚合空間，突顯一男兩女精神向外散逸的三角陣列。

鄭志忠為何如此詮釋貝克特？他抓住了什麼東西，以此回應貝克特？戲的開頭，三人紛紛脫掉外衣，剩下素淨的黑色和淡粉色的內衣褲，他們頻頻繞圈而他們口中發出的單音「啊」不斷扯壞他們的圓。總是這樣，他們試圖對話，而他們的言語背離他們的意願，就連偶然重疊的那一聲「啊」也有著不同的聲調。漸漸地，他們的同時言說形成一種非指涉性的環境聲響，流動而隨時遭遇「啊」而中斷且即時回流的關係鋪陳，繞

出一個音場，暗示我們：各人的獨白是單向的匯流，無限趨近而終將無法聚合，而言說的間歇，那眾聲的「啊」以斷裂的形式連繫了三人的當下，徹底取消言說的內容。

就在那個片刻，他們所無能描述的整個存在凝聚於此。貝克特原作設定的「受困的身體」在《貝克特與我》變成了「行動的身體自行揭露行動的無意義」，那仍是一種受困的狀態，因機械化的動作和述說模式而逐步打造出行動的囊身。外在的囚困成了一種自囚，就像劇中男女說的：「未來一定會來，這樣是沒有未來的。」、「如果有一天我說了實話，是不是就沒有光了？」鄭志忠抓住的貝克特劇作核心或許是一種繁複的背反：身體的動以及動的無效性、相接的對話因為突兀的邏輯而斷裂懸宕，流動也是凝滯，咆嘯亦為失語。

直到繞圈的三人並排一列，重複先前的對話，抬起的雙臂放了下來，變為屈膝抬腿，直到最後一句獨白止於「我們在一起不久之後」意外懸停，三人抬起的腳，懸在半空——鄭志忠朝向貝克特的黑洞塌陷，回應《啞劇》最後那人靜立不動，注視自己空無一物的雙手；《終局》的終局，那人的雙臂垂到椅子的扶手，保持不動，場面持續片刻；《等待果陀》最後，一人問：怎麼，我們走不走？另一人說：好，走吧。然而，緊接這兩句對話的舞台指示，寫了「他們不動。」；《克拉普最後的錄音帶》結尾，那人雙唇蠕動：「也許我最好的年歲已經過去了。那時還有個幸福快樂的機會。但是我不要它們再回來。現在我心中已無熱情之火。不，我不要它們回來。」舞台指示寫著「克拉普一動也不動地瞪著前方。錄音帶繼續在沉默無聲中旋轉。」

朝向未來，於是不動？或是不動，才能走進未來？我認識的貝克特，就是鄭志忠抓住的——摒棄所有願望，真切看透實情，僅僅待在當下，摒棄過去，摒棄未來。

撕開現實

從漆黑的影院出來，收到日好一封長長的訊息，提到「博愛或同理只是被馴化出來的」，我想起剛看完的《海獸之子》閃逝而過的一個鏡頭：琉花面對膝蓋上的血痕、面對內心無法言述的火光和灰燼，她身後一整牆貼滿「博愛博愛博愛……」字樣的學校角落如同一個破洞的碗，把她摔落，落在孤獨上頭。

這是醒來的契機：她觸摸自己的傷口，因著這份疼痛而跟滑順的日常疏離了起來，而她膝蓋上一劃劃短促的血痕，呼應著動畫開場十分鐘反覆出現由上而下流瀉的幾道光暈，以及劃破長空的那道艷色鬼火，這些撕開現實的縫，如同隱伏蓄積的真實噴湧出來所敞開的傷口——並非我們說不出話，而是世界的秘密和真相超乎我們發明的語言。

有限的語言只能捕捉風的一小部份，我們的語言、經由語言啟動的認知與思考，馴化我們構築一個意義的影子世界。漫畫裡安格拉告訴吉姆：**「語言像是性能不佳的電視機，只能粗略地播放出這世界模糊朦朧的姿態。而將『以語言思考』的方式強加在上面後，就更只能將那些無法收納的部分給捨棄了。」**

五十嵐大介起造的一部部漫畫，或說一部部神話，就是扯掉那蒙蔽人類的語言，試圖回到渾然共振的自然連結和應答之中。那一瞬間，人的形體消散，融進更大的世界。然而，他沒有那麼虛無地否定我們的生命，他提醒我們察覺自身的制約而活下去，感受那透過各種形式現身的秘密和真相：海龜瞳孔的顏色、海岸邊樹葉的形狀、風吹拂肌膚的觸感……，一切都在跟我們對話，就連握在我們手中的故事，也潛藏了世界的碎片。

我想，博愛的博和同理的同，非得源於一種無目的、無分別、無所期待的趨近意願，才能進入他者的內在來理解他者。有力量的愛，就是消融邊界，把握那無時無刻傳遞交流的生命訊息，那也是活著的人對自己的最大承諾。

旺盛的死絕

天空幾乎就要消失了。可是沒有。枝葉纏縛的空隙，還露出一點點天空。那些最小的葉身，蠶食最大的空間。細細密密，佔去了整片視野。綠葉一直長一直延伸，兇猛爬竄了腳下的土地、地上的石碑、碑後的樹林、林間的空隙。無盡的綠，結實覆蓋一切。再沒有一處，存留事物的原貌。

燦然的綠意，生出惡寒。

卡夫卡的墓地，就像卡夫卡的小說。來到布拉格的新猶太墓園，恍然闖入一座生機盎然的死寂迷宮。眾物無法抵禦生命的覆蓋，也無能從生命的纏縛下脫困。生命不再是出口，生命堵塞了所有出口。死絕無能徹底死絕，死絕被覆蓋上旺盛的生命力，在光線充足的地方，隆起黑暗的背脊。除了卡夫卡，逼退那片綠意，空下一塊淨白的石柱，站在一片淨白的碎石地上。

我伸手去摸紅玫瑰的花瓣、向日葵的葉片。「還很新鮮，他們剛走。」那些整齊擺在卡夫卡墓前的生命，我逐一捧起，輕輕放回原地。花束之餘，還有細小的禮物。有人放了錢幣，卸下隨行的現實。擺了鑰匙的，似乎對卡夫卡曾開啟的那整扇黑暗，訣別不了。我沒有什麼好給的，就拿出他的〈判決〉，一字一句唸給他聽。我喜歡小說結尾，人的心甦醒過來，清明地赴死。自覺地，以死向生，挽回人性。倘若心中沒有對某種不可摧毀之物的信念，人便不能生存。即使那生存以死賦形，以一種旺盛的死絕，重新誕生下來。

凝視乾癟，直到有了春天的意願

透明的線，細到就要斷了的一條線，提起了她。那條線是她的垮落。

這是我第一次見到琬融的時候，對她的印象。那夜，我剛走出地獄——我和朋友改編沙特的劇本《無路可出》在北美館外頭層疊的竹條間演出——我剛告別鬼影幢幢的地獄，告別那一叢吞噬人形的劇烈白光，轉身回到人間的暗處，琬融就從幽深的地方浮了出來。

她為我帶來的驚嚇並非她眼中的光，而是她的整個存在落入黑暗沒有一點爭鬥的跡象。太詭異的和諧了，她的垮落比她巨大，而她撐住自己的意志比她的垮落更巨大。我對她笑。我敬重那些從自己的傷口爬出的鬼。

是她將一處與另一處的落差命名為傷口，念舊地爬進爬出，她才成為了鬼。

被驅逐出那個以「我」驅動的人形意識，她飄忽棲居在眾物之間，無法恆久落定，於是她的感知限界沒有護欄也沒有障蔽，自由遷徙在尖嘯燒開的水、風的後面、派對動物、同時裂開的果子、蝙蝠吸著天空的血之間，褪去了人的雜質，以超人類的幽靈狀態，爬進事物再爬出來，朝向另一個事物的開口。

〈鬼出城〉作為整本詩集的第一首，清晰地勾勒出她的精神和書寫狀態：「**鬼被吹成氣球，一個小孩拿來遛。／鬼期待爆炸。**」兩個句子裡看似矛盾的「**被**」和「**期待**」凸顯了身不由己的客體如何瞬間掌握自身的主體性，鬼「**如一張影子　忽大忽小／可以乘風或起浪**」。她的身體在〈衣物腐爛—記雨季〉可以被「**流出去**」、〈圍欄外〉可以迎向風掩去自己、

〈99 日不見，相遇於荒山〉用力吸吐，「**發現自己可以搖動像蘆葦／在山谷的喉間**」、〈尚未痊癒的歡愉〉她「**將於一片密林間前行／等待／日與日途間／最好的岔路口**」……

等待岔路的自由，也具現於她構造詞語的拼貼邏輯，無論是「哀樂的巷口」、「未來是銀質的」對接異質的事物和情狀，或是她在〈從雜貨店的頂樓快速飛過〉對「一」的運用沒有規則和禁忌；被她並置的多重世界展現了毫不違和的並存秩序，彷彿一切原本就如此錯雜諧和地安在她的眼底。

鬼的變形所製造的張力不在於鬼和外物的親密，而是鬼和鬼自身的疏離：我投入而我不在，以及，無限的我總是無能為力。

就像〈我沒有要誕生我的悲傷〉爬進的傷口——悲傷，或遠遠不止是悲傷的情緒作為一種強勢侵入的存在，並非為了讓「我」得以進行肉身和意志的辯證，而是讓我領悟到我無能不成為這樣的自己。面對那個伸進我的影子搔弄我的「他」，我可以「**把他殺了**」，也「**還是生下了他**」，甚至，當所有人都走了，「**我牽著他的手／不敢放開**」，我無法不透過他的纏結和制約來確認我的所有行動並非權力的施展，而是臣服於自我解體和重構的動態境況：殺掉自己無數次，恍悟真正要殺的，是將「我」和「他」視為對立兩造的這個念頭。

傷口成了開口。當「我」不再拒絕生命，我就能用那內含創造意圖的命名句型來描繪自身，例如〈我們的火是黑的〉，如鬼魂的心，我們正被「**拒絕、殘肢、池塘裡的落葉／恐懼、蟬殼、野鳥的唾液／來自夢裡大量的油汙與汗**」鍛造，於是可以咆嘯：「**來啊／拿槍對準我們／已經丟向火堆裡的心臟**」，因為再也沒有什麼能傷害我了，我的殘破點燃了我的火，越暗越烈。我的垮落撐起了我。

沒了執念的鬼，發出通透與直爽的聲音。卑微地在死生哀樂的邊緣匍匐，勃發荒地的生命力。一如她在〈99 日不見，相遇於荒山〉給的祝

福是像一隻成功活下來的「微小蟲子／輕易抵達幸福的暈眩」；而她在〈我的詩就放在口袋裡〉傲骨自陳：「我的詩將成為風，或比風更淡的東西／潛藏、流轉、遭人遺忘／但一旦有人憶起／在曠野裡的中心／灌木將會／生長／為脆弱增補結構」。還有我和她的一次通信，聊起彼此乳房中的腫瘤，她說：「大概就是我身體的一種慾望，就像樹會結果，我的身體也結果了。至今我仍沒有把那顆腫瘤切掉。」

信任時間、信任變形有它自己的意志，是她的愛。不去懷疑變形的善意，是她的悍烈。去愛，意味著向命運開放，開放一種與異己、與神秘的關係，也開放一種與未來的關係。她待在人間的暗處，凝視乾癟，直到有了春天的意願。慢慢地，自己看懂了路——

沿途　死去的樹
終於我能重新叫出他們的名字

我們走向了我

走進電影院的前一刻，收到Y的來信。她告訴我，一個朋友的死訊。我不認識那個朋友，但我知道死是什麼，也知道她多麼悲傷地留下最後一個句子：「人好渺小，走的時候悄無聲息」。

沒來得及思考，我就開始回信：親愛的，死太巨大。當我們每一刻都不曾停止感受這個世界，我們要怎麼接受那個曾經與我們對視的生命就這樣離去？我對於各種逝去難以承受，過往面對別人的死亡我只能被它擊垮，原本生活的意義瞬間蒸發，因為想要把握的東西根本沒有辦法把握，這世界根本不管我們多麼珍惜，都要將分離放在我們之間。

此刻，面對別人的死，我會堅定地在內心刻劃那個人的樣子，記住他活過的樣子，然後試著為他好好活下去。因為我將繼承他所不能再繼承的世界了。想念的時候，試著用他的姿勢來走路，用他的眼睛來看世界，讓他跟我一起活著，即使短暫。於是，現在能夠與誰相聚，我都視為最後一次那樣珍惜。我們確實渺小，來去悄無聲息，可是我記得人與人相知的那些沉默裡，有什麼已經把我們撐大，撐大去體驗一種超越任何定義的愛。

還在猶豫最後一個字是不是「愛」的時候，電影裡的女人已經走進艷陽底下。走得那麼急切，那麼絕對。背影向前，拋落一整個世界在後頭。她的高跟鞋和行李箱觸地拖行的聲響，伴著她的堅決踏過了路面的崎嶇。當她終於結束前行，轉身走入室內，鏡頭從她的背面移到正面，然而，過亮的背景抹去了她的臉容，只見一片黑色的剪影，不斷前行。

看到後來我才明白這個開場多麼重要。一個不斷前行的女人，目的明

確，明確到她是誰一點也不重要。導演要給我們的，不是一個女人的故事，而是透過這個女人體現出來的強烈意願。意願是一種力量，一種相信的力量。這個女人和前夫離異多年，為了自殺的兒子留下的遺言，來到一座沙漠，守候他的現身。電影的第一句台詞「這湯能喝嗎？」在女人獨自前往超市揀選晚餐的時刻喃喃說出。就跟這部電影《愛重逢以後》不斷探問的一樣：死者能回來嗎？

女人的答案，是肯定的。她的懷疑出於她的理性，但是，她的意願並非由外而內的知識狀態，而是一種由內而外的直覺行動。當她篤信死去的兒子會再回來，而她的前夫篤信奇蹟不會發生，他們的聚首就是相互折磨的過程。她崩潰地問：「他為什麼自殺？我不懂。」她的前夫靜靜回答：「沒什麼好懂的，我們只能接受。」如果，生命的際遇本身就是奇蹟，究竟誰更相信奇蹟？試圖思考，無法驗證真理。接受事實的行動自身，就是一種最深的信任。信任生命，就是守住已知，不去猜想未知。未知，已是生命的一部分。

我們不去等待偶然，而是接住事物與事物之間浮現的連結。一切都在相互映現，相互回答，就像遇見《愛重逢以後》的前一刻收到的信，已然召喚我回應愛與死、錯失與重逢。這部電影的英文原名「Valley of Love」意思是「愛的幽谷」，落入幽谷，我們迎面接住的，不是愛的對象，而是自己的回聲。如同自殺的兒子告訴母親：「妳一定會來。不是為了我，而是在妳心裡找到妳自己前來的理由。」

那個前行的理由，甚至不是一個能夠清楚言說的什麼，僅僅是清晰而強烈的意願。非得動身，才能在前行的軌跡之中辨識出前行的意義。就像他們在沙漠承受酷熱，逼出真實的情緒，逼出自己的極限。他們的共處是一場儀式，離開如常的現實生活，來到一個渾沌的時空，承受自身的舊生命死亡、新生命誕生。那是列維納斯談及一個能夠回應他者的「我」歷經的降生儀式——

彷彿有一雙魔掌，從內部緊緊壓制靈魂、掐迫靈魂，並不是要將我從靈魂裡驅逐出去，讓我進入沒有任何知覺和感覺的空無，而是在緊縮和崩解的極大痛楚中，要我去承擔滿溢出我所能承擔的絕對責任，我沒有逃離自身，沒有和自身保持距離，而是被追趕進入自身。

最終，他們各自被侵犯、被掏空、被消散到無意義滿溢出有意義的地步。他們等到的，不是意願等待之物，因為生命的奧秘超乎他們的意願層次，他們無法在自身的有限之中看見無限的可能。那一閃而逝的身影、逐漸顯明的紅色印痕——暗示的不是再生或死絕，而是被拋下的倖存者如何承擔了彼此的孤獨和懦弱，消融所有戒備和安全感的需索，從「我們」走向了「我」。

或許，真正的神祕非關信仰的靈驗或失落，而是一個人與另一個人在相契的瞬間放下他們的自我，活進一個更大的世界。臣服於現象，臣服於一個比自己龐大的力量。無論此生他們背對背走得多遠，都沒有關係了。最後那個片刻的沉默相守，將成為他們的鄉愁。即使紅色的印痕將從他們身上消逝不見，他們再也不怕了，因為他們將帶著故鄉行走，直到他們死去並且被遺忘。

行過死蔭之地的人，不再流連浮世的恩寵和羞辱，不再外求一個絕對的真理，包覆生命的苦難。苦難無須渡化、無須捨離，如果這是生命的實相，任何否定性的念頭和作為，都將一併驅散幸福和甜美。走出戲院，我再一次明白我們確實渺小，來去悄無聲息，可是我記得人與人相知的那些沉默裡，有什麼已經把我們撐大，撐大去體驗一種超越任何定義的愛。

面對所愛，就是面對無限。

從第一本詩集《交換愛人的肋骨》到這一本閱讀札記，我始終無法停止去細究愛人的深處。

給我生命的一切，都是我的愛人。欲望一刀鑿開它們，住進裡邊。這十年，我為所愛寫下《隨地腐朽——小影迷的 99 封情書》、《沒有名字的世界》、《居無》、《逃生》、《忘形——聖塔菲駐村碎筆》、《死亡在消逝》。

這一回，我以一種刺點分析的書寫方式來回應那些刺痛我的愛人。追憶它們、為了深入它們而啟動的對話狀態，是我對無限的鄉愁。

對無限的鄉愁

作　　者　吳俞萱
美術設計　劉芳一

發 行 人　張仰賢
社　　長　許赫
出　　版　斑馬線文庫有限公司
法律顧問　林仟雯律師

斑馬線文庫
通訊地址　234 新北市永和民光街 20 巷 7 號 1 樓
連絡電話　0922-542983

製版印刷　龍虎電腦排版股份有限公司
出版日期　2021 年 9 月
再刷日期　2021 年 10 月
I S B N　978-986-06863-2-6
定　　價　325 元

國家圖書館出版品預行編目 (CIP) 資料

對無限的鄉愁／吳俞萱作
—初版—新北市：斑馬線
2021.9；144 頁；21 ╳ 14.8 公分
ISBN 978-986-06863-2-6 (平裝)

863.55　　110012193

斑馬線
Zebra crossing
ISBN 978-986-06863-2-6
00325
9 789860 686326

U0044481